MI UNIVERSO ERES TÚ

Jada Rain

Copyright © Edición original
2020 por Jada Rain
Todos los derechos están Reservados.

"Si no recuerdas la más ligera locura en que el amor te hizo caer no has amado"._ –William Shakespeare

ÍNDICE

ÍNDICE	4
PRÓLOGO	5
1	1
Fin	**138**

*Usar separador

PRÓLOGO

Como olvidar aquellos veranos de 1994, cuando James de 13 y yo de 10 jugábamos en las aguas cerca de los pantanos en Houma Luisiana. Era mi pequeño pueblo natal, aunque de él no, ya que él solía ir cada verano de vacaciones con su bisabuelo que vivía ahí; el señor Sam Marshall Ford una de las personas más ricas de Los Estados Unidos en su tiempo. Su bisabuelo vivía en una mansión fuera de la pequeña ciudad inmersa en el bosque y rodeado de jardines hermosos, un poco fuera de contraste para la clase baja del lugar. A James, siempre le prohibió su madre salir a conocer y jugar con chicos de su edad ya que nadie era de su posición económica ahí. Siempre salía acompañado de sus dos 'niñeros' a todas partes y eso siempre le molestaba.

Lo conocí fortuitamente un viernes de agosto de 1993 fuera de la secundaria Oaklawn Middle School y todo por no fijarme al cruzar la calle. Su lujoso coche conducido por uno de sus sirvientes casi me embiste. Como olvidar esa escena, del auto bajaron dos hombres muy bien vestidos y luego el hombrecillo vestido elegantemente bajó después; muy guapo tengo que reconocer. Se acercaron los dos hombres adultos primero y me preguntaron si estaba bien, yo obviamente estaba en el suelo y asustada de casi morir ahí, pero me levanté rápido por el embrollo de las miradas de mis compañeros de primero de secundaria, y recuerdo que dije: "que estaba bien, que había sido mi culpa".

Antes de irme, el chico bonito preguntó con una voz típica de los millonarios, algo soberbio, pero con un toque de honestidad: "si gustas puedes venir a la mansión, la que está en lo alto del bosque". No recuerdo exactamente qué le respondí, pero por zafarme de su mirada que me hacía ponerme nerviosa, creo que le dije "que sí" y acto seguido me dijo que me llevarían a mi casa ese día, lo cual accedí. El resto es historia.

Lo poco de esos dos veranos que convivimos como amigos, tengo que confesar que me enamoré de James Marshall, era tan hermoso, tenía algo irresistible que me provocaba mariposas en mi estómago. Pero, nunca le confesé mi amor, no sé, siempre tuve miedo a que me dijera fea o simplemente me rechazara. Él tenía casi 14 y yo casi 11, pero yo parecía de 8. Siempre bromeábamos, pero en el fondo me daban celos cuando él me solía hablar de las chicas de su colegio en New York que le gustaban. Yo que podía aspirar; crecer en Houma y casarme, lo típico de la mayoría de las chicas. No tenía mucho que ofrecer, además no era tan bonita para decirle "¿quieres ser mi novio?", pero siempre él fue lindo conmigo y mi único amigo que tuve.

James siempre me trató como su amiga pequeña algo que honestamente odiaba, yo quería que sintiera lo mismo que yo; amor. Aquel verano de 1994 fue el último que le vi, su bisabuelo murió y jamás regresó de nuevo, eso me dolió en el alma, y de ahí siempre pensé que nunca tomó en serio nuestra amistad. Él para mis 16 ya debería haber sido mayor de edad y podría haber venido a buscarme: pero nunca lo hizo. Para mis 18 me estaba mudando a New York ya que mi madre dos años antes había muerto y no tenía nada que hacer en ese pueblo. El único familiar que tenía era una tía al sur de Bronx en New York. Siempre me emocionó la idea de cursar una carrera y ser alguien en la vida como mi madre siempre me decía. Pero a mis 18, todo se vino abajo, mis sueños se truncaron, tuve que trabajar sino no comía. Ya que mi tía siempre me trató mal, tal vez por su edad avanzada y sus achaques, pero igual le agradezco esos años de posada.

Los años pasaron lejos de Houma, ya no era una adolescente, ya era mujer. Tenía 24 cuando conocí a Louis; mi primer novio, algo tarde, pero llegó, él tenía 28 y nos hicimos muy buenos amigos. Luego la relación escaló y me casé con él en 2006. Seguí viviendo en el barrio más peligroso de New York; el Bronx con todo lo que conlleva; no podíamos aspirar a más. Viví con Louis dos antes de decidir tener un bebé y a finales de agosto quedé embarazada, pero la desgracia nos visitó una mañana… con seis meses de embarazo al hospital donde trabajaba en la lavandería llegó un oficial y me dio la triste noticia; de que mi querido Louis: había fallecido producto de un accidente en el taller mecánico Scooter donde laboraba. Un elevador hidráulico le había caído y lo había matado. Fue algo terrible… pasé aquel fin de año sola con mi bebé en mi vientre y llorando, fue uno de los momentos más solos en mi vida equiparable cuando perdí a mi madre. A mi padre nunca lo conocí por lo cual no puedo decir mucho. Si bien, Louis no ha sido el amor de mi vida, lo quise mucho y me dolió demasiado su pérdida. Siempre fue lindo conmigo y fue el que estuvo ahí; apoyándome cuando no tenía nada. Siempre he dicho que el primer amor es insuperable, es el que te hace sentir cosquillas por el que sientes eso inexplicable, aunque son pocos los que terminan viviendo juntos.

Renuncié a mi trabajo en el hospital ya que me era imposible costear el transporte debido a la distancia. Tampoco pude seguir pagando el alquiler de más de 1000 dólares que solíamos permitirnos. Por lo cual, conseguí una vivienda con lo básico, en la parte más peligrosa al sur de Bronx, porque no podía pagar más. No tenía estudios para algo mejor y esperando un bebé; era imposible. Por lo tanto, conseguí un empleo mal pagado en un buffet de comida italiana en Arthur Avenue y Belmont, el Little Italy del Bronx.

Con cinco meses de embarazo y los achaques aunado a un demandante trabajo de mesera me hacía llegar a casa rendida y con mi espíritu por los suelos. Cada madrugada era una batalla que superar, pero lo hacía por mi bebé, ya no se trataba de mí, se trataba de ella. En ese punto de mi vida solo quería tener a mi niña y mudarme a otro estado o ciudad más barata. Quiero confesar que New York es una de las ciudades más caras para alguien que viva la condición de madre soltera embarazada y sin estudios.

Pero, el destino tenía preparado algo especial para Harriet.

Basada en una historia real, y con un final inesperado.

1

Era otro día más para para Harriet en el buffet bar Romanos de la avenida Little en el Bronx. Harriet estaba sentada con la mirada perdida mirando hacia la calle, no había muchos clientes, por lo cual se daba el lujo de pensar, aunque sin descuidar a los pocos comensales que estaban distribuidos en el pequeño lugar. El ruido a sus espaldas de la cocina que hacían los cocineros hacía juego con el ambiente. Llevaba no más de 4 meses laborando en el turno de la tarde porque de mañana trabajaba en un café. Este trabajo se lo había conseguido su amigo Thomas, un solterón de 45 años y cocinero del lugar. Y lo había aceptado porque él vivía cerca de su casa en sur del Bronx, y obviamente, era más seguro tomar el camión a las 11 p.m. con compañía.

A las 10:35 de la noche la puerta se abrió, su mirada se desvió al elegante y hermoso caballero que se habría paso entre las mesas y miradas, pero en el fondo era algo "malo" para ella ya que faltaba poco para acabar turno, y tener que atender a otro cliente y esperar a que terminara era bastante incómodo. Aunque, observándolo con recelo era algo extraño que ese galán tan bien vestido de pies a cabeza llegara a un lugar así, de clase baja, lugar exclusivo para trabajadores. A decir verdad, no era muy común en todo el año ver a alguien así y a esas horas, y más, porque lucía algo amargado para ser tan joven, tal vez 31 años. Pasó de largo frente a ella y llegó al mostrador donde estaban los taburetes, y por unos momentos ella quedó helada, luego como era su deber se incorporó y fue a atenderlo a la barra.

Cuando lo miró a la cara arrugó el entrecejo, no era alguien habitual, pero se le hacía demasiado conocido haciendo memoria tal vez, pero no había tiempo para ello.

— ¿Le puedo ayudar en algo? — preguntó ella con voz débil.

El hombre se hizo que no escuchó y agarró un postrecillo de la barra que tenía frente a él.

Por un instante ella deseó haber ido al trabajo justo ese día despampanante y bien peinada ya que lucía terrible; con pelo quebradizo y cero feminidad, nada de la Harriet de hace doce meses. El hecho es que ese hombre era la fantasía de cualquiera, pero bueno no era algo que él deseara, digo, por su rostro marcado en furor. A pesar del agotador día, por curiosidad Harriet deseaba conocer quién rayos era ese tipo que tenía algo que no podía dejar de mirarlo. Como ese hombre la ignoró continuó con su trabajo. Unos minutos después, ella limpiaba algunas mesas a espaldas del hombre, cuando de pronto su mente divagó y recordó quién era ese sexy caballero de corbata y traje de millonario. Era el mismo: James Marshall, su "amigo" de preadolescencia, el más hermoso a sus palabras, el mismo que había conocido en Houma.

— Creo que no es lugar para tomar licor… pero, no estaría mal señora un café cargado — dijo mientras daba una mirada al vacío lugar y degustaba un pastelillo a eso de las 10:50 P.M.

Harriet algo apurada porque ya casi cerraba el lugar y con deseos de que su amigo de infancia se fuera y a la vez no. — ahorita se lo llevo — susurró.

Con sonrisa indulgente fue a dentro de la cocina, pero en el fondo; furiosa por haberle dicho señora, y peor aún con mirada de indiferencia, y ninguna señal de al menos una mirada de atracción por parte de él.

Mientras preparaba la bebida comentó para sí: "todos estos años han hecho a James Marshall el hombre más sexy del mundo y a mí la más horrenda"-. Pero lo que más le molestó, es que no la reconociera. Él seguía siendo igual de indiferente como cuando era jovencita, y nunca le mostró señales de atracción. Y peor aún ni siquiera intentó recordarla. Cuando volvió por el café casi se lo derrama a propósito y hace que el iracundo James le reclamé en tono mordaz.

— Veo que estar embarazada, pone malhumoradas a las mujeres — balbuceó — mientras le daba una mirada al vientre hinchado.

Ella puso una cara de pocos amigos y respondió:

— Fue mi error, pero tampoco le da derecho de haber comentado algo así.

Con ojos de malicia él respondió, — tengo mucha experiencia con las meseras, y sé que eso fue apropósito, no fue muy amable, en fin, no importa.

— ¿Desea algo más? — añadió Harriet.

— Un pastelillo de uvas.

Eso le erizó la piel a Harriet ya que de pequeño era el postre favorito que acostumbraba comer James a las afueras de la mansión, y el mismo sabor que ella le había tomado cariño aquellos años.

Minutos después ella se lo traía.

— No se parece al pastelillo que me hacía mi bisabuelo — comentó vagamente. — Pero esta bueno.

Harriet con ojos de indiferencia asintió para sus adentros.

En el rostro de James se le miraba que la vida lo había tratado muy pero muy bien, hasta parecía más joven que Harriet, obviamente, él no había tenido que trabajar los 7 días de la semana ni soportar precarias situaciones económicas.

Harriet le sirvió otra rebanada. Ya eran las 11 P.M, la mayoría ya estaba saliendo… ella de alguna forma se sentía emocionada por haberlo visto de nuevo, pero por otro lado estaba agotada por el embarazo; quería irse, pero tenía que esperar, reglas del negocio. Ella estaba limpiando algunas mesas al fondo cuando se terminó el último sorbo de café, James giró y le dijo irónicamente:

— Deberías de venir a sentarte, no es bueno exagerar con el trabajo, lo digo por tu embarazo, un esposo no debería de dejar que su reina en ese estado trabaje así, suele haber abortos por eso. Y más a casi las 12 de la noche. — luego se volteó de nuevo y terminó el resto del platillo.

Ella no contestó y por lo tanto James preguntó de nuevo:

— Disculpa si fui rudo, pero veo que no estás casada ¿o sí? digo, no traes una argolla, y quién demonios deja a su esposa trabajar así.

Harriet se sorprendió por el comentario tan directo. Mientras escuchaba "indiferente" terminó de colgar su mandil en un perchero. Y al mismo tiempo se sentía incómoda y roja por la penetrante mirada de él que la miraba de perfil.

— No estoy casada — respondió con algo de pena.

De repente, Thomas el único cocinero que quedaba le gritó desde la cocina a Harriet

— En 15 minutos cerramos amiga.

Ella estaba un poco ansiosa, quería de alguna forma contarle que no estaba casada, que su esposo había fallecido recientemente, pero, total, pensó que no era de su incumbencia. Estaba cerrando la caja cuando alzó la mirada y se dio cuenta que el caballero la miraba y ella sintió morir por dentro. Era algo penosa no al extremo, pero por tratarse del amor de su vida se puso como tomate. Pero, por orgullo de mujer no bajó la vista y la mantuvo: "cómo es posible que no me recuerde, ¿acaso me veo terrible que ni siquiera una facción mía recuerda?" —gritó en su mente.

De alguna manera odiaba que ella tantos años en las noches había creado en sus sueños momentos románticos con él, y él ni siquiera la recordaba. Pero, para su sorpresa de pronto él le dijo:

— Te me haces conocida, no recuerdo el nombre del pueblo, mmm…

Ella lo interrumpió y dijo indecisa:

— Diez, quince años, no sé cuantos han pasado, pero si tú eres James Marshall ¿recuerdas nuestros paseos por el pantano en la mansión de la montaña por el bosque en Houma?

Él puso la cara de sorpresa y frunció el semblante al momento que hacía la mirada hacia arriba intentando recordar, seguro de tantos lugares que había disfrutado ni se acordaba.

— Lo había olvidado…, lo que sucede es que pasaba las vacaciones en tantos lugares, y olvidé ese pueblo.

— Luego su mirada se clavó en ella y exclamó:

— La niña Harry, ¡cómo no recordar tu cara pecosa…! ahora que te veo mejor Harriet Brown, aunque, al parecer se te fueron algunas pecas.

Harriet agachó la mirada a la caja mientras cerraba algunos compartimientos, y al momento imaginaba que tal vez, los sueños de James serían los de ella.

Luego refutó intentando parecer segura — ¿y qué hace el pequeño James Marshall en medio de la noche en un lugar para asalariados, y con rostro de pocos amigos? Digo, no era de tu agrado estos lugares que recuerde.

— Es una larga historia, pero tú sí me has sorprendido Harriet, trabajando embarazada a media noche, ¿no crees que no…?

— No todos nacemos en cuna de oro James — respondió sarcásticamente.

— ¿Y el marido? — comentó mientras se limpiaba con una toalla los labios.

Con el nerviosismo tiró algunas monedas al suelo y se preparó para contarle todo de su vida, pero antes de que alzara la voz, James le dijo en un tono extraño — déjame adivinar; estás soltera, andas de suerte, ¿no te gustaría contraer matrimonio?

— ¿Qué? — dijo ella un poco perdida de la plática.

— ¿No crees que es bueno que todo bebé tenga seguridad y un apellido? dijo al momento que pasaba algo de agua.

— Eso no ocurrirá pronto — respondió algo convencida.

Él se puso de pie y la miró de frente al otro lado de la caja.

Ella un poco insegura y melancólica le comentó — mira James no quiero contarte mi vida, éramos amigos, pero eso quedó en el pasado, y no creo que tengas el derecho ahora de cuestionarme… lo siento, pero, igual me dio muchísimo gusto verte después de no sé, más de una década, creo. Es bueno a veces ver a viejos amigos. Pero si ya terminaste, creo que cerraremos ahora. — habló mientras pasaba a la barra a recoger la taza y el plato y llevarlo a la cocina. Thomas el cocinero ya estaba afuera fumando un cigarrillo listo para cerrar el local. James sacó dos billetes de 100 dólares y los puso en el mostrador.

— Son solo 20 dlls James, no tienes que pagar más.

— Aguárdalos para ti — indicó.

— Pero, no puedo aceptarlos.

— Descuida es un regalo-.

Cuando Harriet al fin los tomó, él le tomó la mano y le planteó, — ¿te gustaría que te llevara a tu casa? es peligroso ¿no crees a estas horas andar por ahí?

Ella sintió una adrenalina y un fuego en su estómago, y por segundos se le trabó la lengua, no sabía ni que decir al tener la mirada a centímetros de él. Él le provocaba tantas cosas aun después de más de 15 años. -Ella quitó su mano de un jalón algo perturbada de tal emoción de sentir su piel. Percibía que se traía algo en manos, porque proponerle algo como así ahora que se miraba nada femenina era algo inusual.

— Bueno, si no aceptas mi ofrecimiento déjame proponerte algo, creo que ando de suerte si es que lo aceptas. He buscado tanto y no he encontrado a una candidata perfecta.

Harriet con mirada incrédula asintió.

— Un trato tú conmigo, ¿de qué hablas?

— Veo que pronto darás a luz, y sin trabajo no creo que será algo fácil, ¿no te gustaría estar todo el día con el bebé y sin tener que trabajar, y no tener que preocuparte por los gastos?

Ella no lo dejó terminar y cuestionó en son de broma mientras luchaba para no sonrojarse:

— ¿A qué banco vamos a asaltar?

— Él dijo sin pensarlo, — ser Harriet Marshall, o sea, casarte conmigo.

— Con algo de tartamudez se mofó — ¿casarme yo contigo? ¿Estas bromeando? todavía sigues con tus bromas de adolescente.

Él afirmó a secas — no es broma, hablo de verdad, no suelo bromear con estas cosas.

Aunque viéndolo bien Harriet ya no le miraba nada del inmaduro James del pasado, ahora lucía bastante maduro en todo aspecto, pero le parecía de alguna manera algo fuera del lugar aquello, quería de algún modo creer, pero sentía una corazonada en el fondo. Pero, si no estaba drogado ni alcoholizado seguramente era broma, por eso pensó mejor seguirle la corriente, si en dado caso fuera broma y no ilusionarse tontamente.

Luego inmediatamente él reveló:

— Esto no se trata de amor… seguramente te diste cuenta la ira en mi cara, pues sí, estoy que me lleva, luego te diré la razón por qué. Entonces, ¿qué dices? ¿aceptas mi trato? Mira, no tendrás que preocuparte absolutamente en nada en los próximos 7 meses después que des a luz. Contando desde ahora si aceptas mí acuerdo. Tendrás dinero y todo lo que desees, solo es aceptar.

— No sé James, dejamos de vernos tanto tiempo y tú, no sé si cambiaste, y esto es un jueguito más tuyo por lo que veo. Y si no es de amor, como dices obviamente, ¿qué rol jugaría yo en el matrimonio? — Dijo algo resignada que por su condición era imposible que él se fijara en ella realmente toda fea, y subida de kilos como ella se sentía.

— ¿Por qué yo James? — refutó — ¿qué tengo de especial yo, acaso tus círculos millonarios no son suficientes para buscar una esposa falsa, o necesitas un conejillo de indias? no entiendo.

— Sigues igual que la pequeña Harry — aseguró, — mira, si tú contraes nupcias conmigo no tendré que estarme cuidando si eligieran por mí. Y creo que me saqué la lotería al pasar por aquí… venía de un bar y se me ocurrió pasar, y no lo dudé, y por casualidad de la vida te encontré… y no lo pensé; te elegí.

— James, pero ya han pasado muchos años para que confíes en mí de nuevo, digo, aunque fuera un matrimonio falso, aún no se tu motivo.

— Te conocí muy bien en 1994 Harriet y las mujeres como tú nunca cambian, son innegables.

Ella se sonrojó y agachó la mirada mientras entrelazaba sus manos de nerviosismo.

— Me enteré en New York que tu madre había muerto y te busqué, pero ya te habías ido de Houma, lo siento.

Ella no dijo nada y se quedó pensativa por todos los momentos que ella se aferraba a dejar del pasado.

— Pero descuida Harriet, no tienes que saber por ahora el motivo, solo que me urge contraer matrimonio, además me conoces: jamás te lastimaría, y saldrías ganando, no trabajarías en un año, todo correría por mi cuenta.

— Dame un día para meditarlo — dijo ella mientras en el fondo se aterraba de su decisión, pero si fuera verdad era algo que le caería como maná del cielo, por las circunstancias que estaba atravesando.

— "Me parece perfecto, si así lo dices me quedo tranquilo, será una noticia increíble, supongo, cuando le diga a mi madre" — murmuró para sí. — El día de mañana, estaré aquí a la misma hora, piénsalo bien, podría ser tú mejor decisión Harriet, no tendrías que desvelarte, y lo mejor; podrías disfrutar a tu bebé.

"Desde ese punto de vista, no suena tan mal su oferta" — se dijo ella en su mente —. "no trabajar por meses y no pagar rentas, ¡que sueño más lindo!".

— Está bien, mañana te espero — dijo ella mientras apagaba las luces de la parte de enfrente y ya se disponía a salir.

Ambos salieron juntos, él adelantándose rumbo a su coche de lujo un Mercedes de último modelo.

— Piénsalo bien amiga, sería genial ayudarte y que tú me ayudes a mí.

Ella asintió pensando que todo era un juego de James, al tiempo que se dirigía con su amigo Thomas que la esperaba con rumbo a la avenida donde esperarían un taxi o camión con rumbo al South Bronx.

¿Y quién era ese galán que parecía actor de cine? — inquirió Thomas al instante que miraba el auto que se perdía a lo lejos.

— Un viejo amigo — respondió ella con la mirada perdida hacia los carros que pasaban a velocidad por la avenida. — se llama James Marshall lo conocí en mis años de juventud.

— ¿Qué? si tú eres jovencita todavía, viejo yo.

— No quieras consolarme Thomas, sabes muy bien que me veo de cuarenta con este globo que traigo en mi panza.

— No digas locuras. ¿Por qué nunca me habías platicado sobre él?

— No era importante creo.

— ¿Y qué hacía aquí ese milloneras?

— No creerás lo que te diré, pero, por una extraña razón que ni yo sé todavía, digo, si no está bromeando, aunque lo dijo bastante en serio, quiere que me case con él.

— ¡Vaya! no sé qué decirte, pero si ya lo conoces es un punto a tu favor, además si es verdad, aunque no te explica aún el motivo, cualquier mujer con ese galán se iría sin pensarlo dos veces, y además te pagará por lo que me cuentas… ¡te has sacado la lotería!

— Sí, pero…

— Y si realmente te quiere.

— No digas boberías Thomas, ¿lo viste? ¡Es hermoso! jamás se fijaría en alguien como yo.

— ¿Por qué no? Si tú eres hermosa.

Ella se carcajeó mientras le abrazaba.

— Seguramente en broma lo dijo.

— Los hombres nunca suelen bromear amiga sobre eso.

— Lo sé, pero conociéndolo a él creo que era una broma, estoy seguro que no vendrá mañana como me lo dijo. Además, si fuera cierto, él es millonario ¿entiendes? millonario, puede tener cualquier modelo del mundo y pagarle, aunque sea falso.

Pero ¿a ti te gusta o no?

Ella se quedó en silencio por unos segundos, mientras su piel se erizaba llena de emociones encontradas como cuando era chiquilla.

— Hace muchos años fue el amor de mi vida, pero éramos adolescentes, ya pasó… además mi oportunidad se fue cuando me casé y mírame, me embaracé, ningún hombre desea un hijo de otro, bueno eso me contaba mi abuela.

— Pues las veces que te miré con tu esposo Louis, me perdonarás, pero nunca te vi enamorada… perdóname, pero…

Ella hizo que no escuchó y le hizo la señal: "vamos Thomas ahí viene nuestro camión".

A Harriet ahí le cayó el veinte, Thomas su amigo tenía razón, a pesar que quiso mucho a su esposo siempre sintió que algo faltaba, siempre sintió un vacío en su relación. Tal vez eso que llaman amor fue realmente lo que faltó. A veces los besos y muestras de cariño no es amor, simplemente son agradecimiento-.

— Medítalo bien — le dijo su amigo — estas oportunidades solo una vez llegan.

Luego subieron, y ya en el camino no dijeron más sobre el asunto.

Mientras tanto, James manejaba a toda velocidad por la avenida East Zide hacia su mansión en Tribeca la zona más exclusiva de Manhattan dando maldiciones a su abuelo, por hacerlo pasar tantos embrollos y querer que viviera lo mismo que él cuando joven: en elegir una esposa, solo para recibir su emporio de empresas valuada en más de 200 mil millones de dólares. Y esperaba que Harriet aceptara. Lo que le molestaba era que su madre ya tenía una candidata que posiblemente solo querría sus millones. Pero el jueguito de su madre no daría resultados ya que pronto le diría que se iba a casar con una mesera de un buffet bar.

Frente a las luces del semáforo en rojo, James se preguntaba sobre cómo había sido la vida de Harriet en estos últimos 15 años. Porque embarazada a sus 26 y sin un hombre a su lado era más que obvio que había fracasado y que la habían abandonado. Obviamente, no conocía el trasfondo de toda la historia. Llegó a la mansión de su abuelo cerca de Tribeca a una cuadra donde estaba igual su residencia, pero uno de los amos de llave le dijo que había salido con su madre junto a su ex prometida la señorita Juliette Braker, una modelo cazafortunas muy reconocida del lugar.

Muy de mañana Harriet se levantó no para ir al trabajo de la mañana sino para ponerse guapa e ir a su segundo trabajo en la tarde. No se daría el lujo de ir toda fodonga de nuevo, se puso todo el cuerpo de aloe vera y luego se preparó con el mejor maquillaje para ir a trabajar, algo raro y excéntrico, pero no podría darse el lujo de pasar vergüenza con su "futuro esposo". Se hecho un poco de más en sus ojeras y sus pómulos rechonchos, aunque su rostro era exótico y hermoso si lo vislumbrabas bien, de esas bellezas raras que andan por ahí. Ya a la una de la tarde para ir al trabajo se miró en el espejo y se dijo: "señorita ¿cómo es posible que James quiera casarse contigo, aunque sea de a mentiras y pasar vergüenzas? Si es así, me siento alagada, — susurró, mientras daba una vuelta y miraba todo su regordete cuerpo. Aunque en el fondo no estaba segura si en dado caso fuera verdad aceptar, pero algo interno le decía que era la mejor opción, así su bebé crecería sin privaciones y ella no tendría que sufrir en exceso, por tantos desvelos y dejar su niña con personas ajenas que no la tratarían bien.

Pasaron las horas de trabajo en el bufet bar de la avenida Little Italy, y James no apareció. En el fondo Harriet se sintió decepcionada y una parte de su alma hubiese deseado que todo hubiese sido cierto, pero sabía que no podía más que soñar, ya que nadie anda por ahí en el mundo arreglando sueños ajenos, y esa propuesta era demasiado increíble para que fuera real. La única solución a su oscuro futuro inmediato era seguir tal cual estaba; continuar con ambos trabajos en la mañana y tarde noche.

El jueves a una hora de cerrar el restorán bar, un lujoso Roll Royce de último modelo se aparcaba a las afueras del lugar, y del se bajaba un hombre con porte muy elegante, luego ingresó y echó un leve vistazo a todo el lugar que para su sorpresa estaba bastante lleno. En seguida le tomó unos segundos encontrar a Harriet que recogía una mesa al fondo. Ella al darse cuenta de él, casi derrama un vaso con té a uno de los clientes. Él sin la más mínima educación en medio del cliente le dijo — ¡hey! ¿podemos hablar?

Ella hizo una cara de molestia y contestó musitando — James ahora no, tengo bastante trabajo. — Acto seguido, se dirigió a la cocina a toda prisa ante la mirada boba de algunos comensales, él le seguía, daba por momentos la impresión de que era su asistente. En cierto instante ella se dio cuenta y se giró, y casi choca con él al tiempo que se frenaba de golpe, mientras él la detenía para que no se cayera con todo y platos. Ella se puso colorada..., él se dio cuenta de lo flaquita que se percibía en sus brazos Harriet, que hasta le afirmó — ¡vaya! pensé que habías subido de peso, pero veo que solo...

— James, vas hacer que me corran, estoy realmente ocupada, no estoy para juegos. — Dijo algo molesta, simulando no haber escuchado lo que dijo.

— Discúlpame, solo quiero...

— Escucha, de verdad no tengo tiempo, el nuevo manager... no soy mucho de su agrado, si me mira platicando contigo hasta puedo ser despedida.

— Harriet, ¿olvidas quién soy? si quisiera podría comprar toda esta avenida. Vine porque quiero hablar de nuestro acuerdo; nuestra boda. — manifestó al momento de que se le dibujaba una sonrisa tiernamente.

— ¡Ah! ¡Vaya! lo había olvidado, — dijo satíricamente, "tu jueguito pensó para sí".

— Siéntate por allá, puedes comer lo que sea, ahorita te llevo un té helado. — dijo con indiferencia mientras corría de un lado a otro por las mesas. A James no le quedó de otra que esperar unos largos veinte minutos mientras saboreaba sin apetito fresas con crema, y observaba el bullicio, y también la manera como trabajaba arduamente su amiga de años.

Ciertamente la familia de James lo tenía contra la espada y la pared, aunque el padre de su madre el Sr Hermes Marshall ya estaba algo enfermo, pero le había impuesto a su único nieto que antes de ponerlo como heredero único y presidente al mando de todo el conglomerado de compañías que formaban

Marshal Group tenía que cumplir con dos pasos: una, casarse legalmente y concebir un hijo. Lamentablemente James por su carácter de gigoló, cumplir con dicha regla era complicado, pero ya a sus 31 se había decidido, pero tampoco quería contraer nupcias con alguien orgullosa y pedante que solo quisiera su dinero, por eso encontrarse con su antigua amiga Harriet era una panacea, oro molido, porque ya la conocía y sabía que ella no era interesada, aunque tampoco sentía la más mínima atracción física hacia ella. Sin lugar a dudas sabía que era el momento idóneo para hacerlo, porque, aunque no quería contraer matrimonio, sabía que su abuelo ya estaba muy enfermo y cualquier día podría irse, y toda la inmensa fortuna que le costó tanto esfuerzo, pararía a manos ajenas que no sabrían manejarla. La esposa ideal de su madre para James era la familia Launder una de las más sociales de New York. Y aunque Julieth era la que estaba tras los huesitos de James él no la aceptó más después de que se enteró de que hizo un acuerdo con su abuelo para andar con él y engatusarlo, obviamente por una cantidad razonable.

Lo cierto es que James ya era un experto en los negocios y realmente en su cuenta ya había más de 50 millones, pero no lo hacía tanto por dinero, lo hacía para que la compañía no pasara a manos de terceros que era lo que su abuelo haría sino cumplía con sus órdenes. Y era algo que el matrimonio arreglaría inmediatamente.

Una parte de Harriet se resistía, pero la otra quería acceder por todo el beneficio que eso traería y más por la seguridad del bebé. Ese día James iba casual, pero muy refinado para la mayoría que vestía de uniforme de cartero u oficinista.

— No lo digas Harriet, — susurró mientras ella acercaba su mesa — debí haber pedido tu número y avisarte, pero te soy sincero, solo había venido un par de veces por esta avenida y de tantos comercios que hay me perdí, espero sea válida mi justificación. — dijo. Mientras se restregaba su lacio y hermoso pelo con algo de arrogancia.

No lo notó la primera vez, pero vestido de esa forma y el peinado que traía esta noche lo hacía lucir realmente irresistible, que inclusive a las dos meseras del lugar se les caía la baba. Lo innegable, es que Harriet estaba hechizada, no podía bloquear sus sentimientos hacia James, y eso la hacía enfurecer dentro de sí.

— Pensé que no ibas a volver nunca más, y creo que mi amigo Thomas tenía razón.

— ¿Sobre qué? — exclamó.

— Sobre que los chicos no suelen bromear sobre jugar con el matrimonio con amigas.

— Así es — dijo él al momento que sacaba un documento de su chaqueta y era el acuerdo prenupcial. — Échale una ojeada y dime que no te gusta.

— Oye James, ¿de verdad? todavía no te he dicho que me casaré. Wow esto sí es increíble, seguro que no hay una cámara grabándome — dijo incrédula en ese momento mientras volteaba afuera del restaurante entre los vidrios.

— ¡Claro que no! señora Harriet.

— Oye no me digas señora, me haces sentir como de cincuenta y lo sé, soy menor que tú, pero parecería que soy tu madre.

Ambos rieron después de eso por unos segundos, luego ella se detuvo impresionada en un punto del contrato prenupcial.

— Oye, bromeas con la cantidad de dinero que dice el acuerdo.

—Lo que lees es correcto.

— Pero, esto es más de lo que ganaría en medio año de trabajo y tú me lo darás por un mes. ¡Que locura!

— Ujum — asintió James pasivamente.

— Ok, James, por lo que entiendo, me casaré contigo y obtendré cada mes 10 mil dlls y… ¿nada más? Me refiero, solo firmar el papel y ya.

— Correcto señorita.

— Pero dime, el lapso que tengo que estar unida legalmente a ti, ¿Cuánto sería?

— No sé, todo lo que te requiera.

— Porque tan hermético, no me gustan las cosas así, dime la razón de tanto misterio.

— Bien, si eso gustas te diré algo… conociste a mi bisabuelo al menos de nombre ¿cierto? bien, seguramente has escuchado el consorcio de compañías Marshall Refineries Energy.

Ella se quedó helada al escuchar ese dato, —sabía que tu familia manejaba una compañía sobre energía, pero, no pensé que era dueño de esa multinacional.

— Efectivamente, el consorcio multimillonario es propiedad de mi abuelo.

— No puede ser — expresó ella algo anonadada.

— ¿Qué pasa Harriet? ¿estás bien?

— Un accidente en la carretera con un transporte de Marshall, mató a un amigo.

— ¿Qué? — dijo James mientras se llevaba las manos a la cara y la miraba algo impresionado.

— Tu amigo no era Lucas ¿cierto?

Ella se quedó impresionada tras esa revelación— ¡santo cielo! ¿Cómo supiste?

— Estoy al frente de todo, aunque todavía no tomo las decisiones en el consejo. De verdad lo siento, créeme. Compensaré a su familia, sé que ha sido responsabilidad de Marshall Group. — dijo mientras apuntaba la dirección que le daba Harriet.

— Como bien sabes, necesito casarme, es una regla de mi abuelo que ya está enfermo, y es el único medio para que la compañía no pase a manos privadas, que nada tienen que ver con nuestra familia.

Ella asintió con la cabeza y vociferó que hasta algunos comensales voltearon — está bien, acepto. — Al parecer tiene lógica tu acuerdo, pero quiero advertirte que nada de jueguitos infantiles y trampas.

— ¡Cómo crees! — exclamó.

Harriet al final aceptó, de algún modo aquello le convenció bastante, y más porque de alguna manera ellos se harían responsables también de su querido amigo.

— Cuando digas hagamos la boda — señaló Harriet, él sonrió. Mirándola fijamente—.

Inmediatamente después de la boda Harriet se mudó a Seattle Washington a una mansión frente al mar propiedad de James, que sería su nuevo hogar rodeado de hermosas zonas arboleadas algo que nunca se imaginó vivir.

Tres meses después, Harriet cargaba a la cuna a la pequeña Fiorella nombre que le dio igual que su madre. Solo tenía unos meses y ya era una traviesa, acababan de dar un largo paseo por el campo mirando las flores de cerezos japoneses que se extendían alrededor, por eso la bebé estaba exhausta, había jugado mucho… luego la arrulló y se durmió, y la colocó en la cuna— apoco no princesa, sería hermoso que toda la vida fuera así de fácil para nosotras, —le cuchicheó desde el sofá donde estaba sentada.

Al terminar aquella frase, el sonido del timbre le alarmó, — "ahí no mi bebé, la van a despertar" — se dijo. E inmediatamente fue del segundo piso de la mansión hasta la planta baja. Al abrir se quedó estupefacta por un segundo, lo que menos deseaba ver apareció frente a sus ojos; su nuevo esposo James Marshall,

— ¿Tú? — dijo ella con voz entrecortada.

— ¡Bu!, soy un fantasma — bromeó él mientras le esbozaba una sonrisa de oreja a oreja.

Desde que contrajeron nupcias no se habían visto y eso era aproximadamente tres meses y medio, es decir, Harriet vivía sola en esa hermosa mansión frente al mar rodeada de jardines bellos y una hermosa piscina más todas las comodidades que imagines. Además, sin contar una chef y dos sirvientas por las tardes y mañanas. El hecho es que la madre de James no la conocía aún y era obvio, no le encantó la idea la esposita que eligió su hijo. Ya que le echó a perder sus propósitos. Pero a pesar de todo, los diez mil dólares le llegaban puntual a Harriet y eso la tenía contenta.

— Gracias por los chocolates y el gran ramo de flores de tulipanes, joven James — agradeció ella intentando no sonrojarse de nerviosismo. — ¿y esa sonrisa? — Dijo,

— Mira, no soy cursi si eso estás creyendo.

— No James para nada, te lo agradezco, es raro que un esposo no le hable a su esposa ni siquiera por mensaje en tres meses y medio.

Él se echó a reír momentáneamente — Si, tienes razón señorita sarcástica, sobre todo por nuestro falso matrimonio.

— Ella esbozó una sonrisa mientras clavaba la mirada en sus ojos azules.

— Pues, aunque nuestro matrimonio sea falso, verte aquí James si me deja impresionada, ¿qué esperas? Adelante, es tu mansión.

— ¿Y dónde andabas? me tenías intrigada — comentó ella, — seguramente con las novias — añadió mientras abría de más sus bellos ojos miel a sus espaldas y James avanzaba a la sala.

Él se dio la vuelta y le echó una rápida mirada de pies a cabeza sobre un vestido rojo entallado en su espectacular figura que lucía después de ese embarazo que la había puesto regordeta.

— ¿Y qué te pareció mi residencia? te dije era preciosa, mira ese mar que se extiende al horizonte, seguramente a la bebé le fascina dar los paseos en las mañanas soleadas.

A Harriet se le dibujó una sonrisa al ver que James mencionó a su hija. — Claro, a Fiorella le fascina, justo ahora por eso está durmiendo. Y que decir tu mansión es como vivir en el cielo, es preciosa. No hay día que no vea el mar y las gaviotas sobre la arena. Y perdón, olvidé ofrecerte algo — dijo ella algo nerviosa — iré a traerte un té, recuerda, sigo siendo una camarera.

Él la miró con atención mientras se perdía entre el largo pasillo que conducía a la cocina.

"quien lo diría, que preciosa se ha puesto Harriet nada que ver a la que conocí" — pensó al momento que se quitaba el traje y ponía los pies sobre la mesa de la sala. Típico en él. Por el contrario, Harriet estaba que se moría de nervios, ahora la señora Harriet Marshall no lo podía creer, por un momento quería que James se marchara, porque no sabía que charlar con él en dado caso que permaneciera todo el día. — Pensó. Pero también tenía algo de nervios por la visita ya que según el contrató podía anular el matrimonio y eso significaba perderlo de nuevo todo, pero igual estaba resignada, ya había pasado la peor parte, daba igual. Por qué por lógica no había hecho gran cosa siendo la esposa Marshall salvo en la iglesia unos votos de; "acepto ser la esposa de James Marshall. Algo ridículo. Pero hacer tiempo ahí preparando un té no sería la solución, tenía que salir y enfrentarse a lo que sea.

James estaba adormilado en la sala como un adolescente sin la típica pose perfecta cuando alguien apenas se tienen confianza, a él le valió. Ella se dijo: "oh mi Dios" se durmió en los diez minutos que demoré, al momento que ponía las tazas con el té sobre una mesa grande de vidrio que estaba en el centro de la sala.

Ella le susurró:

— James te traje algo de té.

— Él estaba como un bebé completamente dormido, ella lo miró y pensó: "ahí quisiera besarlo, pero otra parte de ella la reprendió "¿qué te pasa Harriet? no es tiempo de enamorarse, eso no existe al menos como lo creí.

No quiso hacer ningún ruido y despertarlo, se miraba tan tierno y prefirió tomar asiento frente al otro sillón hasta que se le diera la gana de despertarse. Eso la tranquilizó de alguna manera, ya que ningún hombre con una mala noticia se pondría a dormir. Ahí frente a él recordó esos dos veranos cuando eran adolescentes y pasaron muchas caminatas por los bosques de Houma y pantanos y las historias de sus viajes que solía contarle James. De alguna manera se le hacía un nudo en la garganta pensar que el tiempo hubiera pasado tan rápido y jamás haberlo besado y ser su novia. Él era de esos amores primeros que nunca se superan y más el coraje de no ser ella su primer amor. Siempre hay uno que es el que sufre y el otro no. Y ahora ella se encontraba en una pesadilla, en cierto punto el amor de su vida casada con ella, pero en un matrimonio falso y en su boda que ni siquiera monaguillos fueron, solo él y ella en la enorme iglesia de San Patricio en New York.

Pasó un largo tiempo y James al fin se empezó a despertar, todavía somnoliento. Frente a él estaba Harriet su "esposa" de espaldas en un sillón al fondo. Él por un momento deseo acariciar el hermoso rostro de esa muchacha y recordó a su mejor amiga en Houma la pequeña Harriet. Ella volteó de una y dijo:

— Ya despertaste, creo que tu té ya se enfrió.

— Así lo puedo tomar — dijo algo adormilado.

— Pero el de la tetera ya se enfrió. Como estuviste más de hora dormido creo que tendré que calentarlo.

Ella tomó la tetera y se dirigió a la cocina, él la siguió con la vista al momento que miraba el hermoso cuerpo de Harriet que se apreciaba sobre ese vestido rojo de seda que le llegaba arriba de las rodillas.

— ¡Vaya! — Exclamó para sí al tiempo que miraba alrededor, — Olvidé que la casa estaba sin muebles y algunas cosas faltan, no debieron enviarte aquí. Aunque está limpia como me gusta. Pronto llegarán los muebles — añadió mientras caminó a la cocina y se acercó a Harriet que calentaba el té. Ella se quitó bruscamente, algo que no le pareció muy bien a James y se evidenció por segundos su rostro lleno de irritabilidad.

— ¿Cargado o sin azúcar?

— No es café. Es un té y no me gusta con azúcar, hace envejecer más rápido — refutó. — ¿y cómo te ha tratado la vida Harriet estos meses aquí frente al mar?

— Nada mal, — sonrió mientras meneaba la tetera.

— Quería venir antes, pero me salieron algunas cosas en Europa, sobre la compañía y tuve que volar y se alargó demasiado el viaje… pensé seguías en New York, le di órdenes a mi asistente que te llevara a mi departamento en New York y jamás imaginé que te diera esta opción. Es por eso que tardé tiempo en localizarte, no eres tonta, elegiste uno de mis lugares favoritos; sol, mar y hermosas primaveras.

— Estaba algo frío allá, y pues tu joven asistente me dio varios lugares donde elegir, y pues elegí este… hermoso aquí. — murmuró un poco apenada.

— ¿Y las sirvientas? no las veo, supongo están viniendo.

— Descuida, siguen viniendo. Lucas tu asistente hace unos meses cuando me trajo aquí, igual me las presentó y me han ayudado bastante, pero como bien sabes yo a eso me dedicaba de servicio, yo también participaba.

Él sonrió con algo de picardía desde donde estaba recargado en una mesa de mármol.

El hecho, es que James empezaba poco a poco a sentir una inmensa curiosidad por Harriet y eso que nunca antes había sentido unos sentimientos hacia ella de ese tipo.

— La verdad James eres un ángel, no sé cómo le hubiera hecho sin tu ayuda, gracias por todo de verdad — dijo intentando no demostrar demasiado sus sentimientos.

— ¡Ah! y otra cosa, tu madre mandó a una mujer diciendo que no decorara nada de esta mansión ni metiera mano al jardín, es por eso que solo colgué una foto de Fiorella en la cocina, espero no te incomode.

— Descuida Harriet, nadie tiene que decirte nada, esta casa es mía, así que perdóname si pasaste un terrible rato.

— Pero no es todo, me amenazó y eso no me gustó nada, digo, te lo adelanto porque no estoy en posición de pelear con tu mamá, me dijo que yo era una facilona y caza fortunas y no sé cuántas cosas más. Que prefiero no mencionar.

— No te inquietes, yo hablaré con ella. Veo que faltan muchas cosas, mañana mandaré la mudanza que traigan todo lo que falta para cuando pase aquí, — dijo él.

— No hace falta farfulló, — es suficiente, yo nunca he vivido en lujos me basta esto, además Fiorella es una bebé no ocupa de mucho.

— ¡Ah! olvidé la nena por un segundo— expresó él como diciendo "what the fuck tengo a una hija" — lo siento Harriet no pude venir de Europa cuando diste a luz, espero me disculpes. Y felicidades señorita, aunque sean cuatro meses después.

— No tienes porque, eso ya pasó, igual acepto tus felicitaciones, — vociferó dándole un pequeño abrazo. — Me encantaría que la vieras, pero ahora sueña la nena.

Él se frotó el pelo y se acomodó la corbata color rojo que portaba, ella no dudó lo que le daba vueltas en la cabeza y preguntó.

— Supongo se a lo que vienes James, a pedirme el divorcio, creo que es el tiempo supongo estipulaba el contrato ¿cierto?

— No, para nada, tengo tantas cosas en mente que ni siquiera ha cruzado en mi mente eso. Vine por una cosa más seria y quería que me dieras una ayuda o sea un favor.

— ¡Más serio! ¿Y qué clase de favor? — indagó ella algo temerosa.

— Mi abuelo tiene cáncer terminal que lo está consumiendo. Los médicos dicen que puede irse en cualquier día,

— ¿Qué? ¿Es en serio? pero estaba súper bien por lo que me contaste hace tres meses.

— Lo sé, mi abuelo aún es relativamente "joven"; ochenta y cinco, pero por ser tan testarudo y no querer hacerse exámenes anuales pescó un cáncer. Dicen que lo tiene mínimo desde hace dos años y lo tiene muy extendido.

— De verdad lo siento James — indicó ella con rostro preocupado.

— Es parte de la vida, pero tal vez por su terquedad. Jamás pensé que le pasaría esto al viejo, era tan fuerte y tan enérgico.

— Después de nuestra boda me fui a contarles a su residencia en Hudson Valley (Nueva York) y no sabes cómo se puso mi madre, que hasta me insultó y me corrió, mi abuelo solo sonrió con indiferencia, y mi antigua prometida si es que se enteró seguro que se moría por dentro. Se le estaban yendo sus millones. Aunque el enojo de mi madre no eras tú en sí, era su desprestigio ante las altas esferas sociales que le ponían de rabietas.

— Ahora lo entiendo súper bien, todo era para el control de la compañía de tu abuelo, es por eso que no me darás el divorcio.

— De hecho, podía divorciarme hoy porque ya no necesito estar casado, pero no voy hacerlo ahora, porque mi abuelo podría enterarse y es capaz de todo.

— ¿Ya eres el presidente?

— Sí, me llegó una oferta de la segunda compañía más importante de Europa después de nosotros, y como conozco como la palma de mi mano compañías Marshall Energy, mi abuelo temió que contara los secretos a la competencia y perder el liderazgo, y accedió dármela.

— Eso fue astuto James — dijo entre labios, mientras se pasaba las manos tras su pelo señal de atracción.

— No es el dinero, es que odio que me manden como un chiquillo todavía.

— Ya veo, siempre lo recordaré por si se me sale lo mandona confesó irónicamente.

James ya no parecía el mismo que había llegado todo frustrado y cansado, ahora se miraba con energía hasta se pasaba de guapo con esa sonrisa perfecta y ojos azules, ¡ah! sin olvidar esa barbilla cuadrada que le hacía parecer más ególatra y el más irresistible del mundo, que daban hasta ganas de morderlo.

— Después de dos semanas del encuentro acalorado con mi madre y abuelo, en Europa me llegó la grata noticia de que había sido nombrado presidente ejecutivo del 98 por ciento de todo el conglomerado Marshall, y eso fue gran parte gracias a ti. Te soy sincero, tenía ganas de abrazarte por eso Harriet.

— Aja— vaciló ella con ojos de expresivos de cariño y pensó, "si como no, el dinero es lo que te alegra James". — gracias por el cumplido. —dijo mientras sus mejillas se ponían coloradas.

— Pero de alguna forma amo a mi abuelo y a mi madre, a pesar de que siempre me controlaron y de nuestras constantes peleas familiares. Cuando me enteré de su enfermedad la verdad me sentí terrible y por eso vine lo antes posible. Pero más que mi matrimonio yo siento que fue su enfermedad terminal, lo que le hizo cambiar de opinión sobre no dejar a extraños la compañía. Pero conociendo su terquedad, tal vez, aunque no sé si se debió al paro respiratorio que sufrió — añadió.

— Pero lo peor es que me enteré que mi abuelo no permitió que se me avisara mientras yo arreglaba algunos problemas de la compañía en Suiza, ya después me enteré en voz de mi asistente.

— wow James, de verdad sí que es fuerte lo que me cuentas. Cuando mamá murió a inicios del 2000 para mí fue terrible y se cómo se siente cuando alguien cercano se pone mal.

— Gracias, — respondió él.

Mientras Harriet abría los brazos para abrazarlo en señal de consolación, él entendió el gesto y la abrazó mientras se frotaba los lagrimales llenos de lágrimas para no parecer débil.

El hecho es que el aroma a jazmín de Harriet le hacía sentir en paz en ese momento que pasaba, ese segundo para James deseó que fuese eterno, aunque no sentía amor por ella.

— Igual siento lo de tu madre Harriet, me hubiese gustado estar ahí como tú estas ahora conmigo. Después de irme aquel verano de 1994 me fui a New York, luego me mandaron a estudiar a Italia, ya sabes "educación de excelencia" y estuve con mi hermana mayor un tiempo, luego ella se casó y se fue a vivir a París, y te preguntarás ¿dónde está ella? Ella y su esposo Andy murieron en un accidente aéreo hace ya unos años.

— Nunca me platicaste sobre tu hermana, lo siento mucho, ahora que tienes a tu madre y aun a tu abuelo con vida debes sentirte agradecido.

— Gracias por tus palabras, bueno no te quito más tiempo, mi verdadero motivo al que vine es como decía, necesito un gran favor de ti.

Ella se sorprendió y encogió sus hombros y preguntó moviendo la cabeza — seguro, solo dilo.

— Mi abuelo Hermes llegará mañana aquí a Seattle a una mansión al otro lado de la ciudad, no te preocupes también tiene vista al mar y es mucho más grande, y lo que quiero que hagas si no es mucha molestia, es que te mudes conmigo a esa casa y simulemos que nos amamos y somos un matrimonio real e increíble, más que nada para darle alegría a mi pobre viejo.

Ella se quedó en shock por un minuto — ufff, me tomaste en curva, fingir será difícil, pero eso no está estipulado en el contrato de matrimonio que me hiciste firmar. — Expresó un poco incómoda.

— Lo sé, pero yo tampoco esperaba esto. Sabes, si no hubiera pasado esto, tal vez ya nos estuviéramos divorciando, pero, por favor, deseo que mi abuelo la pase bien.

— No sé qué decir — dijo, al tiempo que recordaba vagamente sus tontos sueños de adolescente cuando imaginaba casada con él.

— Mira, si esta mansión te parece enorme aquella mide tres veces más, tendrás tu espacio, solo sería simular frente a él, no tendrás que cuidarlo y todo eso, él tiene un equipo médico completo, de dos enfermeras y un doctor veinticuatro horas al día. Solo serán los momentos donde convivamos con mi abuelo y no estaría mal que le contaras nuestras anécdotas en Houma. Y obviamente, cosas sobre nuestro matrimonio y lo perfecto que es, "que me quieres", ya sabes tonterías así. Quiero que simules que nos amamos realmente.

— No inventes James, — dijo algo molesta. Estás cambiando todas las condiciones del contrato. No quiero andarte dando besos falsos lo sabes.

— Eres mi esposa — respondió.

— Si tú lo dices.

— Solo será actuación pura Harriet, no exageres. Además, mi madre recuerda, ella le contó de nuestros paseos de niños, seguramente él cree que desde aquellas épocas nos amábamos.

Ella frunció el ceño molesta. — ¡aja!

Odiaba ser tratada como un objeto, pero al mismo tiempo estaba feliz por no sufrir en lo económico. Aunque, en el fondo ella si lo amaba desde pequeño.

— ¿Qué es tan difícil Harriet? — cuestionó nuevamente, — aparte, esto no es por mucho tiempo, mi abuelo morirá pronto, y cuando acabe tú te irás con tu bebé y sé que esto no estaba estipulado, pero si haces tal cual como te digo, pagaré tus gastos y la de Fiorella hasta que ella tenga 18 años, nadie te daría algo así por tan poco, solo actuarás.

— Ustedes los ricos piensan que sus millones compran todo. — Dijo entre labios.

— Aunque suene feo señora Marshall, nuestro matrimonio es así. — Manifestó irónicamente.

Harriet se levantó de la silla de la cocina con brusquedad y se sentó en un taburete justo al lado de la nevera, James la miró desconcertada por lo roja que se puso por aquello.

— Olvídalo — vociferó. — nuestro trato terminó, tú lo sabes solo eran unos meses y quedaría libre, por favor quiero mi divorcio — dijo con tono serio mientras se ponía frente a él.

— Por favor amiga, no me hagas las cosas más difíciles, lo sabes Harriet, no puedo aceptar eso, tienes que ayudarme, no será por mucho tiempo.

— No quiero tu dinero James, ya tengo suficiente con lo que me has dado, ¿qué piensas? que soy de esa clase de arpías que se pasean por ahí y engañan, no, no quiero engañar a tu abuelo, que tal vez sea un buen hombre. Además, tu mencionaste que solo era firmar el acta nupcial y ya no tendría que darte falsos besos ni acompañarte a ningún lado, solo serían fotos o a lo mucho visitar a tu madre, pero nomas. Tú estás cambiando todo, no hay ninguna cláusula que permita eso.

— ¡Vamos! no te resistas, es algo fácil, para que discutimos.

— No te pareces ya en nada a la chiquilla Harriet de hace 15 años y menos a la regordeta de hace cuatro meses que era un amor, ahora solo eres…

— No seas grosero James — refutó molesta.

— Me llamabas gorda, se mira que nunca has visto a una embarazada. Está demás explicártelo. Además, tú nunca tuviste que pasar dificultades económicas, tú James siempre tuviste todo y yo he trabajado hasta en tres trabajos simultáneamente.

— Has disfrutado a tu nena crecer. No sé cuál es el problema con eso, si hubieras continuado con esos trabajos pesados no te hubiera dado tiempo de nada, además lucías agotada y cansada, te he dado un respiro, tiene su lado bueno. Recuerda, los bebés se enferman demasiado, ¿qué hubieras hecho para pagarlos?

Harriet agachó la cabeza por unos segundos y tragó algo de saliva mientras apretaba su mandíbula tragando su orgullo.

— ¿Crees que es más incómodo hacer esto por unos momentos que estar sirviendo mesas para clientes indiferentes el resto de tu vida? — añadió James.

—Siempre ganas James en todo, veo que no has cambiado absolutamente nada de aquel mocoso del 94 — murmuró.

— Míralo por el lado amable, sé que no eres oportunista como Julieth mi ex, ella haría lo imposible para estar en tu posición. Y jamás hubiese aceptado los 10 mil dólares que tú aceptaste feliz, ella hubiese pedido millones.

— No necesito tanto — masculló — solo lo suficiente para comer y comprar biberones y pañales, asimismo he estado ahorrando todo porque sé que pronto se acabará.

James se paró y camino a la ventana que daba vista al mar. — ¡Huy, ahorrativa! quién lo pensaría — dijo en voz baja.

— Ella asintió, evidenciando un descenso de su ira en su bello rostro, pero aun con la mirada clavada en James que miraba los barcos al horizonte en el mar.

— Vamos Harriet, no es tan difícil, según los especialistas no vivirá más de dos meses, no será mucho, créeme, es lo único que te pido, y te prometo que una vez que pase todo, mis abogados te liberarán en un día. Y podrás irte a donde gustes, ya con una seguridad económica de aquí hasta 18 años, y para ser más generoso contigo te daré una casa donde gustes. — Añadió mientras se giraba con Harriet que aguardaba distancia.

— ¿Y quién más estará en tu casa? — preguntó algo casi convencida.

— Mi madre y sirvientes.

— ¡Tu madre! — susurró en voz baja, pero no tanto que incluso James escuchó.

— Pero descuida, no tendrá que decirte nada mi madre, ama mucho a mi abuelo y por eso vendrá también, no quiere perderse los últimos momentos con él.

— Conociéndola, lo que me detestaba cuando iba a veces a los jardines de la mansión de tu bisabuelo, siempre hacía esa cara de fuchi porque era pobre.

— Mi madre es así, no es tan mala como parece, solo que le importa mucho su estatus social, ya sabes, así la educaron.

James dio algunos pasos con seguridad y se posó frente a una Harriet que hasta daba la impresión que temblaba al tenerlo cerca.

— Tu eres la señora Harriet Marshall, no tienes por qué temer venir a mi casa, mi madre tiene que respetar y así estén miembros de mi familia sean tíos o primos nadie debe decir nada.

Ella pasó saliva y con algo de tartamudez.

— Sí, pero…

— Nada, tu impondrás las reglas si así lo deseas, mi madre tiene sus residencias, pero porque quiere estar con su padre, por eso estará algún tiempo conmigo. Pero si tú no quieres puedo decirle que venga cada mañana a visitarlo.

— No es para tanto, — manifestó, — pero tu madre ¿sabe, me refiero el acuerdo entre nosotros?

— Sí, no preocupes de eso, ya le conté, solo que mi abuelo no lo sabe él piensa que eres de verdad el amor de mi vida y pues mi madre no le había contado hasta hace poco y aunque no lo tomó muy positivo ya se resignó y no te tratará mal, aunque se mira que no le caes bien.

— Harriet mi abuelo siempre quiso una mujer para el bien mío, él cree que casándome con una mujer buena y de principios que me ame, mantendrá el rumbo de mi vida correcto, y pues, aunque mi madre quiere que sea Julieth yo no quiero, la quise en su momento, pero cuando descubrí que todo era falso, dejé de sentir cariño hacia ella. Es frívola y falsa.

— Si tú lo dices, pero…

— Además, quién no desearía una esposa como tú.

Ella se puso realmente roja, pero luego casi se carcajea cuando James añadió.

—Aparte, esto de acordar una esposa como tú tiene sus beneficios; no habrá peleas, no me regañarás ni me impondrás nada ni yo a ti justo como lo imaginé.

— Sí, todos los hombres quieren eso — dijo,

Harriet apartó su mirada de él y caminó al otro ventanal que daba vista al bellísimo jardín de la casa.

— Entonces, ¿me dirás que sí Harriet?

En ese momento James se dio cuenta que no conocía muy bien a Harriet como el intuyó, pensó que sería como todas las mujeres que conocía en su círculo; frívolas y arpías e interesadas.

De pronto ella se giró despacio chocando la mirada con sus ojos azules.

— James, pero como lo persuadirás, que ni siquiera estuvimos en nuestra noche, no crees que sospechará.

Cuando escuchó esto el joven Marshall festejó en su mente, lo más difícil lo había hecho; convencer a la orgullosa Harriet.

— Antes de esto mi abuelo era muy ocupado y créeme, le inventé cosas, es por eso que nunca vino a visitarte. Solo mi madre sabía y mi asistente y les prohibí a toda costa, por eso no tendrá que enterarse.

Ella se mordió los labios incrédula.

— Actuaremos como Romeo y Julieta — bromeó James.

— ¡Vamos Harriet! tú crees que no me he dado cuenta, tú me miras tiernamente, con eso basta para que crean que me amas.

— ¿Yo tiernamente? pues así miro — sonrió moviendo la cabeza.

— Yo iré todos los días a mis obligaciones a las empresas Marshall, y cuando vayamos por la noche con mi abuelo a su habitación te besaré la mano y te daré un besito en tu mejilla, frases como te amo mi Harriet, cosas por el estilo. Ridículas pero creíbles.

Ella se echó a reír y no disimuló su color rojo en sus cachetes al tiempo que dentro de sí sentía sentimientos encontrados de recuerdos añejos.

— Quiero que lo hagas naturalmente, junto a mi madre, mis tíos, todo para que nadie sospeche y vaya a contarle. Entonces, por tu carita que veo siento de qué has aceptado. En unas horas vendrá mi chofer y llevarán tus cosas a nuestro nuevo hogar.

— No he dicho si todavía James.

— Por tu rostro sé que aceptarás, no te conozco del todo, pero lo suficiente para saber que esa sonrisa quiere decir que sí.

— ok, lo llevaré a cabo por mi bebé, por tu abuelo y por mí, pero recuerda no por ti James Marshall — dijo en tono complaciente. —me has dado suficiente y lo agradezco, pero lo haré para al menos pagar psicológicamente tanto bien.

— Me dejaste sin palabras, — señaló, — eres increíble Harriet, al momento que la tomó de un abrazo y por unos segundos la alzó en el aire.

— Déjame ya, me vas a tirar al suelo — gritó ella con voz de queriendo y a la vez no.

— Genial señorita, me has hecho la tarde. Ahora me voy, vendrán a recogerte a las 6 para que estés preparada.

De pronto James aparentó que iba darle un beso en la mejilla de despedida, pero fue un lindo engaño se lo dio tiernamente por medio segundo en los labios y se apartó rápido y salió a paso firme.

Ella se quedó en shock al tiempo que ponía sus dedos en sus labios rojos.

— No puede ser, — dijo entre labios. Mientras volteaba al cielo suponiendo que su esposo Louis que había fallecido la estuviera viendo en ese papelito.

"Lo siento Louis, pero por nuestra hija tendré que ser el papel de casi una ramera, bueno no haremos nada, pero si besos sin amor: —masculló al aire.

En fin, iré a preparar todo— comentó mientras se dirigió a la sala y luego subió las enormes escaleras de la segunda planta.

A las 6 ya estaba preparada con algunas maletas, de pronto apareció un automóvil de lujo, ella se quedó perpleja y dijo "distintivo de James y sus extravagancias, obvio que no iba a venir en un carro normal".

Del descendió un chofer con su característico uniforme y le llamó, — buena tarde, señora Harriet de Marshall, puede subirse, la llevaré a la mansión de Lago Sun al este de la ciudad.

Le abrió la puerta y ella subió, luego él recogió todas las cosas y se fueron en dirección a la residencia de James Marshall.

30 minutos después había había llegado a la ultra lujosa mansión de James en Bellevue, ciudad a las afueras de Seattle, en Washington, y estaba justo a metros del hermoso lago Sammamish, claramente era algo que jamás imaginó, incluso era más hermosa que la casa donde había pasado los últimos tres meses. La fachada era estilo moderno con formas arquitectónicas de excelencia y un majestuoso jardín lleno de todo tipo de flores, y alrededor zonas arboleadas hermosamente decoradas y jardineros trabajando. Al frente había un espacio enorme de varias fuentes, y enfrente el lago Sammamish y se vislumbraban algunas motos acuáticas alrededor de un larguísimo puentecito de madera estilo muelle que usualmente se usa para disfrutar-.

— Señora Marshall, llegamos, — manifestó el chofer al tiempo que le abría la puerta, luego se dirigieron a la entrada y tocó el timbre, inmediatamente la mayordoma abrió, ya era de edad algo avanzada, y le dijo. — Soy Katherine la mayordoma, es un gusto conocerle señora Harriet Marshall, el Joven James nos habló mucho de usted y nos indicó que llegaría hoy. Bienvenida a su residencia, es su casa, estamos para servirle — manifestó con una sonrisa acentuada.

Harriet se quedó helada por momentos, pero reaccionó a tiempo — mucho gusto Katherine, veo que no está mi esposo.

— No, él salió, si gusta acompañarme le mostraré su lugar de habitación, es bueno que vaya conociendo la habitación también de su bebé. — Señaló mientras le esbozaba una sonrisa a Fiorella. — Ya después acomodaré sus pertenencias.

— Me parece bien — susurró ella a falta de costumbre de ver tanto lujo se cohibía. Al entrar a la segunda planta miró al fondo una sala gigante donde posiblemente se llevaban reuniones sociales y ahí se dio cuenta porque James le había dicho que no había cosas en la otra mansión, es que en esta mansión había cuadros carísimos y obras de arte, así como esculturas de artistas famosos. — Esta es su habitación y la de su esposo — señaló Katherine a la recamara que estaba con la puerta cerrada — Harriet dentro de sí "wow es gigante mucho más hermosa que las que salen en la televisión. Pero James también durmiera ahí no le encantaba la idea — manifestó.

— Qué bueno que le gusto señorita Harriet, además si así no fuera su esposo haría cambiar todo — agregó. — Al fondo está la habitación del abuelo de James el Sr. Hermes Marshall.

— ¿Y dónde dormirá mi bebé? — preguntó con timidez mientras la arrullaba.

— La de su bebé Fiorella está aquí al lado.

— Me parece perfecto. Inmediatamente por un segundo Harriet abrió la puerta y echó una mirada a la habitación que compartiría con James y pensó "qué demonios James, una sola cama para ambos, olvídalo, tendrás que darme una explicación" ya lo verás esto no estaba en el plan — refunfuñó.

— Puede pasar a ver a dónde dormirá su bebé.

Harriet dio unos pasos en la inmensa habitación decorada hermosamente y una gran cuna en medio.

— wow, jamás pensé que él…

— Sí, hace una semana James la mandó preparar con una famosa diseñadora de la ciudad.

— Me quedo sin palabras, eso es muy lindo de su parte.

— El Sr James es un amor — manifestó Katherine, — estuvo presente en todo momento.

"Si sobre todo eso — murmuró para sí Harriet.

— A Fiorella ya le encantó, mírela está balbuceando, quiere probar la cuna — dijo la ama de llaves.

—Sí, eso veo, le encantaron los ositos de peluche esparcidos en toda la habitación.

— Ya hasta tiene sueño, mírela ¿por qué no la coloca a dormir un ratito?

— Si eso iba decir — murmuró Harriet.

Caminó hacia la enorme cuna chapada de madera made in Italy y la colocó con cuidado, Fiorella se quedó casi inmediatamente dormida con la melodía de fondo para bebés.

Le dejo un momento señorita, ordenaré que suban sus pertenencias— dijo Katherine.

— Una vez que se fue la mayordoma Harriet dio vueltas por toda esa recámara de su hija, era enorme para una mocosa. — Mira mi bebita hermosa, — le dijo con cariño mientras miraba por el ventanal a todo el lago que se extendía por ambos lados de oeste a este, — esto es un sueño, repitió. — Me gustaría quedarme aquí a dormir contigo, no quiero dormir con el señor James. Él ha vivido siempre así, a mí esto me parece mágico, todo es lindo aquí, así viven los ricos ¡qué envidia! quién no quisiera vivir de este modo — susurró mientras miraba todo el horizonte que se vislumbraban mansiones más pequeñas, evidentemente la mansión de Lago Sun era la más grande de toda esa zona de millonarios.

Inmediatamente de eso se sentó en un sillón de piel para ver a su hija mientras dormía, al menos le enorgullecería que su nena habría disfrutado la mejor vida que ella jamás tuvo, con la igualdad de las personas más ricas del país y con el amor de ella.

Horas después, Harriet se disponía a bajar a cenar. Estaba que se la comía los nervios y la ansiedad, ya había conocido una partecita de esa gigantesca mansión… había visto más de seis jardineros que se la llevaban arreglando las flores y los árboles, las más de cinco sirvientas dentro de la casa y unas tres cocineras en la preciosa cocina con estilo moderno y decorados de colores y diferentes mármoles claros. La servidumbre se portó muy servicial y cordial con ella. Ella y su bebé cenaron solas a las 6 pm. La comida era deliciosa mucho más que a cualquier restaurante que había ido. Ahí estaba ella sentada en una gigantesca mesa circular de unos doce metros y comiendo todo tipo de manjares. Quién imaginaría que Harriet la camarera estuviera cenando y alrededor tenía a su disposición sirvientas y chefs para lo que quisiera. Era el sueño de cualquiera. Hasta ahora. Luego de cenar se duchó y a su bebé igual. Luego la colocó en la cuna y esperó una media hora para que se durmiera. Ya como a las 7 salió de ahí y se dirigió a la recámara que tendría que compartir con James. Al entrar se murmuró: "ojalá fuera un matrimonio de amor, que hermoso sería compartirla, y cuando Fiorella creciera durmiera en medio de nosotros, como en las películas de amor", inmediatamente volvió a la realidad y disipó ese pensamiento adolescente de amor imposible. Cruzó al otro lado de la habitación de unos treinta metros literal y corrió algo las persianas que hacían el ambiente fúnebre.

Luego abrió el inmenso ropero de madera, disimuladamente, y había una gran variedad de trajes finos, obviamente de su esposo, y para su sorpresa cuando abrió la otra hoja de madera, toda su ropa colgada ahí.

Se molestó un poco porque no le encantó la idea que alguien hurgara sus maletas con ropa barata, también porque no deseaba compartir el cuarto con James falsamente, deseaba dormir en otra habitación, pero ese día para su fortuna James no llegó a casa.

A las 6 de la tarde del siguiente día Harriet se puso el mejor vestido que tenía, un vestido entallado elegantemente color rojo de Chanel de segunda mano obviamente. Cuando se le llamó para que bajara a cenar Harriet nerviosa bajó lentamente las escaleras, justo en el preámbulo de llegar al comedor había una enorme puerta arqueada, y para su mala suerte había más personas que James por el bullicio de charlas que se oían, — se mordió los labios y caminó, ahí en la mesa estaba la señora Sully de Marshall y su hijo James, así como sirvientas preparando la mesa. La señora Sully tendría no más de unos cincuenta y dos años, muy elegante y con estilo italiano, ojos azules y piel aceitunada. Y repleta de joyas caras y un vestido de diseñador. James lucía casual y extremadamente sexy.

— Perdón, disculpen si los hice demorar — murmuró con una voz débil, evidenciando todo su nerviosismo al máximo.

La señora Sully de Marshall se incorporó de un trono que estaba a distancia del comedor, y con mirada indiferente la observó rápidamente de pies a cabeza, acto seguido le exclamó sarcásticamente— muy elegante, ¿y de qué diseñador es ese vestido? Se mira rarito.

— No es de diseñador — refutó tímidamente.

— Mmm, — hizo cara de poca cosa y le dijo — no te preocupes, estás a tiempo, apenas íbamos a empezar, gusto conocerte en persona Harriet, — ella quiso darle un pequeño abrazo y la señora lo rechazó solo dándole la mano.

Su hijo se acercó del otro lado de la mesa y la tomó de la cintura, cosa que no le pareció muy bien a Harriet, inmediatamente le dio un beso cerca de la boca, pero tampoco lo rechazó ella para no echar a perder todo. Pero si le hecho una mirada de rabieta que James entendió claramente, pero le dio otro al momento que decía a su madre, — mi esposa, ¿apoco no es una hermosura mamá? — Ella asintió de mala gana.

Lo que se preguntó por momentos Harriet es que a pesar del falso beso ella sintió una sensación vibrante, hermosa de amor, sentiría los mismos sentimientos él — se cuestionó por un segundo.

Acto seguido se sentó James a lado de Harriet en esa inmensa mesa, y la señora Sully al otro extremo.

— ¿No extrañaste todos estos meses a mi hijo? — señaló con voz molesta.

—Claro señora, lo extrañé como toda esposa, lo bueno que ya está conmigo.

"Amar no es mirarse el uno al otro; es mirar juntos en la misma dirección". *Antoine de Saint-Exupery.*

— Eso dicen en las novelas las interesadas — pronunció la señora con un tono frío.

— Madre, discúlpate — discrepó James mirándola molesto.

— Solo fue un comentario hijo, no lo tomes tan apecho, además — dijo mirándola a Harriet sin despegarle la mirada.

— Muchacha, te doy la bienvenida "de corazón" — pronunció en tono hipócrita.

Ella no respondió. El momento estaba álgido y tenso obviamente por ella, siendo la figura de discordia, la entrometida y facilona, según la mirada de la señora.

— Basta de esperar, es hora de cenar. Katherine, que pasen con los aperitivos — ordenó.

— Uno a uno fue pasando la servidumbre hasta llenar la mesa de toda clase de platillos exóticos, inclusive nuevos para Harriet y eso que trabajaba en un buffet. En seguida empezaron a servirle.

— No hace mucho ¿verdad Harriet, estabas sirviendo platos como camarera? Pero no me lo tomes a mal, creo que es un trabajo lindo —comentó la señora Sully en tono sarcástico.

— Sí señora, — contestó disgustada, — a leguas se miraba que la quería molestar por sus comentarios tan fuera de lugar.

— Ser camarera, madre, es como cualquier trabajo, ser (CEO) como yo es otro, pero tampoco te hace mejor. Mejor cenemos.

— Que delicia de comida, Martha — agradeció Harriet a la chef, tratando de cambiar de tema.

Después de haber degustado tan mas deliciosa comida, a ellos llegó el doctor especialista que cuidaba a su abuelo por un poco de comida para subir.

— Buenas noches, señora Sully y señor James.

— Aprovechando que estás aquí Rayan, te presento a mi esposa Harriet — dijo James.

— Mucho gusto señorita.

— El mío — contestó ella.

— ¿Y cómo va evolucionando mi abue?

— Tu abuelo es un roble, pero para que mentirles, sigue siendo igual de alegre y sigue mostrando igual interés por la bolsa de valores y los diarios… pero la verdad la enfermedad va avanzando demasiado, el último análisis lo confirma — indicó un poco serio. — Los dejo sigan disfrutando, dijo el doctor, — provecho dijeron todos.

La señora Sully se puso melancólica y se le salieron las lágrimas un poco.

— Tranquila madre— dijo su hijo tratando de consolarla, al instante que se paraba y llegaba hasta ella.

Harriet los miró y sintió algo de lástima, porque ella también había pasado por una terrible situación así, y no le deseaba eso a nadie, a pesar que se miraba que ella la odiaba por ser de clase baja y no tener el perfil como a la mamá le gustaba para su hijo.

— Mi amor ¿y la bebé sigue dormida? — preguntó James,

— Tiene horas durmiendo.

— ¿Qué? tienes un hijo Harriet, ¡no me habías dicho hijo! ¡oh! por eso obligaste a mi hijo a casarse — masculló.

— No es mío madre, baja la voz, puede escuchar la servidumbre.

— mmm.

— Su hijo señora Sully, lo más seguro que aceptó casarse conmigo fue por mi hija sería más creíble.

— Explícate James Marshall, sé que ya estás casado, aunque sea una simulación, pero cuéntame ¿por qué elegiste a ella? teniendo una amplia variedad de candidatas, y te evitarías pasar vergüenzas con nuestros conocidos, — refunfuñó.

A Harriet se le caía la cara de vergüenza al escuchar esas palabras mordaces llenas de humillación.

— Pues hijo, hubieras mudado a tu esposa aquí desde hace varios meses, eso se ve muy mal, podrían pensar cosas. ¿No crees? — agregó.

— Déjame explicarlo yo James, — señora Sully, si usted cree que acepté casarme con su hijo porque soy una interesada, déjeme responderle que no, no soy de esas que andan por el mundo cazando fortunas.

Ella la miró con recelo e incrédula de sus palabras falsas según ella. Así pensaba de la mayoría típico de su círculo social, unas arpías.

— Da igual, respondió. — .

James volteó a mirarla de nuevo con indignación, — no me mires así James, la verdad me conoces, soy muy directa y eso suele causar peleas a veces, pero no por eso soy mala, solo que tengo buenos gustos, — señaló, dando una mirada rápida con humillación al escote de Harriet.

— No sé qué decir señora Sully, pero lamentablemente no estoy a su nivel, de hecho, nunca suelo ponerme vestidos de noche para cenar, es nuevo para mí. Y pues, para mí lo más importante es mi hija, no aspiro tanto como usted — comentó.

James dio una mirada de enojo a su madre, luego ella se disculpó de mala gana.

— No quería que pensaras eso, no lo dije con esa intención, solo quería decirlo y ya, no lo tomes tan apecho muchacha. Cero odio.

James molesto exclamó, — madre última vez que digas comentarios de esa clase, sabes que Harriet ahora es mi esposa, y no permitiré insinuaciones ni humillaciones a su persona.

— James no quiero peleas — dijo Harriet — por mí iré a comer fuera si tu madre lo desea, por mí no hay problema.

— Tú no, no hay necesidad de pelear, de aquí en adelante ni un comentario negativo sino madre tendrás que irte — decretó algo molesto, — entiende, mi abue está agonizando y lo menos que podemos hacer es no pelear ¿de acuerdo?

— Está bien — dijo Sully, — por mí no habrá — añadió con ironía.

Harriet se levantó y se fue molesta, James la siguió.

— No hagamos de una brisa una tormenta.

— James, nunca he permitido que nadie me humille tanto en mi vida, y si tu madre seguirá molestando me largo ahora y me divorcio. No lo hice por dinero si eso piensa, lo hice por hacerte un ayuda. Él la miró con recelo sin despegarle la mirada, — ¿es una amenaza?

— Sí, porque no debería serlo.

— Pues es una de las cosas que más odio; las amenazas, y sabes que tengo el poder para dejarte en la calle.

Ella lo miró furioso con ganas de darle una cachetada, — pues crees que soy una tonta, pues ya te olvidaste donde me encontraste; trabajando, puedo salir adelante sin nadie. Fuera de tus ayudas económicas que estoy agradecida lo admito, acepté toda esta parafernalia porque nunca tuve un padre y seguramente tú sientes a tu abuelo como a un padre.

— No mientas, el dinero manda Harriet.

—Pues no cuando estaba casada con Louis —murmuró alto.

—Louis, clamó la madre de James que los encontró discutiendo sobre las escaleras, — ¿quién es Louis Harriet? — La cuestionó mirándola despectivamente. James no respondió.

—Nadie señora Sully.

Él la tomó de la mano por momentos tiernamente y evitó otra discusión, ignorando a su madre y haciendo que se fuera. — gracias James por defenderme, por ti he disfrutado mi beba todos estos meses y solo quiero decirte gracias. Aunque esto no me gusta nada.

Él se impresionó por esas palabras que hasta sintió una sensación protectora en su pecho que jamás había sentido antes por ella. Luego le dio un fugaz beso en la mejilla.

—Mi madre se fue a su habitación, ¡vamos! están sirviendo el postre-.

A Harriet no le encantaba la idea de empezar a sentir sentimientos hacia James, pero era algo inevitable que poco a poco estaban aflorando en su corazón.

Todavía no había tenido ningún encuentro con el abuelo de James, aunque en el fondo no sabía cómo iba reaccionar, si le iba a caer bien o no. Unos minutos después de disfrutar el postre, James se levantó y le dijo que la acompañara al lugar donde estaba su abuelo, le tomo de la mano donde tenía el anillo y juntos subieron las escaleras al otro lado de la sala. En esos momentos Harriet se sentía extraña, percibía como la piel de James y su calor pasaban hacia ella, esos segundos hubiera querido que fueran eternos que hasta se le quitó el disgusto que había pasado con su suegra en el comedor. A ella le fascinó que él la llevara de esa forma, le daba falsa sensación de que realmente él la amaba. Cuando llegaron, las ayudantes que cuidaban al señor, salieron y ellos entraron,

—Abue —susurró James, —¿estas despierto?

—Moría que vinieras mocoso, ya quería verte. —Murmuró apenas con voz vacilante, —no porque seas el presidente ahora me tienes que abandonar y no contarme nada ¡eh!

—Viejo gruñón, no cambias. No te preocupes, todo está bajo control. A lo que vengo abue, es que quiero que conozcas a Harriet, supongo no tenías el gusto.

—Harriet, —dijo el hombre girando apenas su cabeza pegada a la almohada para mirarle bien.

— ¿Y quién es ella James? no tenía el gusto de conocerle. Como últimamente porque me ven inútil aquí no me cuentan nada.

James agarró fuertemente de la mano a Harriet por temor de que saliera huyendo. Se le miraba muy nerviosa.

—Espero este bien señor Hermes — saludó con voz temerosa y con la mirada por ciertos momentos cabizbaja.

— Veo no era mentira lo que me dijo tu madre James, la sirvienta, al fin en tu residencia —vociferó mirándolos firmemente.

Harriet hizo ojos de sorpresa y le echó una mirada a su esposo avergonzada. No pensó que sería recibida por ese hombre, peor que su suegra,

—Disculpe, pero no quería molestarlo con mi presencia — manifestó.

—Así son las de tu clase Haliet o Harriet como sea, seguramente no has movido ni un dedo todo este tiempo, clásico de mujercillas que engatusan a millonarios, y tu james eres un idiota, si, un reverendo idiota.

—Creí que te pondrías contento, y como siempre, mamá contándote el chisme, ¿no querías esto, verme casado con alguien de buen corazón? Pues lo lograste.

—Hay niveles James, con Julieth mil veces, pero eres terco como una mula.

—Para tus planes; perfecto, pero a mí hubiese hecho un infierno mi vida. Tú no la conoces.

— ¡Vaya vaya! Esta jovencita entonces fue la que te cautivó, umm —la observó con incredulidad.

—Demasiado show hace esta familia —susurró entre labios Harriet.

— ¿Qué, qué demonios dijiste señorita? Aparte de mesera, grosera.

—Nada señor, solo que es un placer haber conocido a la familia de mi esposo, no todos los días se conoce a tanta gente de alta categoría.

—Pensé que habías dicho otra cosa, las cazafortunas así son, les encanta la marrullería y andar de ociosas —dijo en tono irónico el abuelo.

Abue yo fui el que le insistió, dejemos este tema por la paz, — dijo su nieto mientras invitaba a sentarse a su esposa en un asiento de piel al lado de la cama del anciano.

—James, cuéntame cómo quedó el acuerdo con el gobierno para hacer la refinería en Suiza.

— ¿Ahorita? pero…

—Sí ahora. Al parecer voy mejorando, cuando me recupere en unas semanas me haré de nuevo de la dirigencia de la compañía y lo vas a lamentar sobrino malcriado.

James miró a su esposa con mirada triste, porque estaba al tanto de que, aunque su abuelo tenía momentos sin dolor, sabía que su cáncer era terminal y no había vuelta atrás.

51

—Es lo que deseo abuelo que te recuperes y vuelvas al frente. —dijo resignado dándole ánimos.

—Iremos a cenar dijeron las dos enfermeras que esperaba afuera de la habitación, —adelante —dijo James, —iré también a la cocina —dijo su esposa mientras miraba a su esposo con ojos entrecerrados, —pero Harriet, apenas acabamos de llegar, —sí, pero es mejor que platiquen sus cosas de negocios.

James no pudo ni detenerla por lo rápido que salió de la habitación.

—Es una chulada —comentó el senil, —además se ve que tiene su carácter, y te trae a palo.

—"Y eso que apenas voy conociéndola" —dijo una voz dentro de James. Al momento que volteaba sobre su hombro.

— ¿Y cuánto estará aquí?

—Se vino a quedar.

—Eso está perfecto, espero sea una esposa duradera, además te hacía falta eso de andar con una y otra de noviecitos no te asentaba bien, ya no eres un chiquillo… me encantaría que mañana en la mañana viniera aquí, quiero saber más de esa chica.

—Tenlo por seguro abue, ella vendrá. —aseguró agradeciendo en el fondo a Harriet de que no haya dicho nada de su primer matrimonio.

En su cabeza empezó a sentir un sentimiento raro que ninguna vez había experimentado y se trataba de celos por Louis el ex de Harriet, pero ¿Por qué? se preguntaba. Tal vez porque en el fondo nadie lo había querido de verdad, las novias que había tenido solo eran por su dinero o por ser guapo, pero nada de amor sincero.

Dicen que a los 30 años es la madurez de los hombres y que es cuando cambian para bien o para mal. Y James apenas empezaba desear lo que todos desean; una familia y alguien con quien amar.

— ¿Recuerdas a tu abuela? se parecía a ella en su cara mona cuando era joven. Aunque, obvio, tu abuela era de otra categoría.

Apenas en la mente de James quedaban esos recuerdos de niñez, porque su abuela murió cuando él era casi niño.

—Sí, —dijo el abuelo mirando el techo como recordando cuando tenía la edad de su nieto.

—Ojalá que seas feliz de verdad, como yo lo fui con Ángela, tiene el mismo cabello rubio y ojos grises como ella. Recuerdo en mis años mozos James, cuando pasábamos los veranos mirando el atardecer y yo besándole esas mejillas coloradas, justo como las tiene esa mesera.

James se sonrojó, —abuelo me estás dando tips, gracias por eso. Inmediatamente ambos carcajearon.

—recuerda, la voz de la experiencia habla, me se muchos truquillos. Solo te diré una cosa, espero sepas tratarla bien como yo en su momento no lo hice y tu abuela me dejó antes de que ella muriera. Recuerda, el amor es como el fuego, hay que echarle trozos de leña, no dejarlo que se vuelva cenizas, porque es muy difícil que vuelva. Al menos en ambas partes. Amé a tu abuela, pero me dolió que jamás quisiera volver de nuevo conmigo. —confesó con ojos algo brillosos.

Luego de un momento a otro empezaron a hablar de negocios hasta que el Sr. se quedó dormido, roncando como un nene. James ahí postrado frente a su abuelo meditó algunas cosas de su vida, era la primera vez que alguien hacia genuinamente algo por él; Harriet, y empezaba a sentir cosas que no le gustaban; cariño. Era un nuevo mundo para él Harriet, era sencilla y no se preocupaba por la suntuosidad ni la moda de diseñador, al contario, de todas las mujeres y sector social que conocía, en su mayoría solo le importaba cosas banales como esas. Además, le atraía demasiado que era muy capaz.

Luego de apagar las luces le dio un beso a su abuelo mientras dormía y salió, iba directo a su cama, estaba agotado, pero cuando pasó por la habitación donde dormiría Fiorella se detuvo, en el fondo a espaldas estaba Harriet mirándola fijamente, él con curiosidad entró y le saludó nuevamente con señas para no despertarla, ella le sonrió y él se acercó donde dormía plácidamente la nena de meses de nacida.

— Es increíble lo hermosa que es tu bebé — susurró James intentando no hacer ruido, —se parece mucho a ti, tiene tus cabellos dorados y risos, y que me dices de su color de piel.

—Ella esbozó una sonrisa y secreteó —si sobre todo yo, soy un amor.

Él le devolvió la sonrisa con picardía.

Ella se levantó y se acercó —oye, gracias, en la vida imagine que prepararías esta habitación para mi nena.

—No tienes que agradecer, era lo menos que podía hacer, igualmente se merece esto y más, es una princesita.

— Claro se parece a la mami ¿no crees? — bromeó ella. —él asintió mordiéndose los labios.

— Sabes, mi abue a pesar de que te habló duramente al principio a solas me dijo que eras buena chica, incluso influiste mucho en él, porque me contó cosas de mi nana y él, era algo que jamás había hecho.

Ella le tomó su mano y le afirmó —tranquilo, estaré hasta cuando me necesites, por mí no hay problema, soportaré algunas malas miradas y comentarios de tu familia.

Él le dio las gracias al momento de que sentía la piel de ella y se preguntaba lo afortunado que era su ex por haber tenido semejante mujer, valiosa en todo sentido más allá de que era muy hermosa, de piel color aceituna y ojos grises azulados con una silueta muy femenina que cualquier mujer envidiaría.

Harriet caminó hacia la ventana con vista al mar, — ¿desde cuándo vives aquí o tienes esta casa?

— Esta mansión fue un regalo de mi abuelo, hace un año, cuando estaba de novio con Julieth.

—wow, veo que los ricos al menos disfrutan estas cosas, bueno, aunque viéndote a ti siempre estás en el trabajo.

Él se sonrió, —a propósito, veo que nuestro anillo de bodas lo usas como collar que extraño.

—No, es que lo había perdido ayer y olvidé ponérmelo, no te preocupes, me lo pondré siempre.

— Bueno, cambiando de tema James, vi que mi ropa está en tu closet, y pues me preguntaba no pensarás que voy a dormir en tu habitación, ayer lo hice porque no viniste, pero hoy…

Él la observó con astucia y le dio una sonrisa maliciosa.

—Eres mi esposa ¿recuerdas? haya o no amor, legalmente todo es válido.

—Sí, pero…

—Nada mujercita, — dijo mientras la tomaba de la mano cerraba la puerta de Fiorella no sin antes darle un beso.

Ya en el dormitorio ella estaba perpleja, cómo era posible que ese hombre sexy de cabello castaño y ojos de leopardo la mirara con picardía, además a ella en el fondo no le incomodaba su aroma y evidente masculinidad y trato, obviamente.

—Pero, nos casamos ilegítimamente James, me refiero a los sentimientos.

—Falsamente o no, nuestro casamiento es legal Harriet, no estás cometiendo pecado si eso crees.

A ella se le aceleró el pulso cardiaco porque él la ponía muy nerviosa con su aroma a feromonas. Ella se entrelazaba las manos para mitigar aquella sensación desbordante en su pecho.

— ¿Apoco no has deseado dormir conmigo? —dijo él intentando convencerla.

— ¿Qué? lo estás diciendo en serio, apenas te voy mirando, sé que es legal pero tampoco abuses de mi amabilidad. — respondió lo más seria que pudo, pero una parte de ella deseaba experimentar los abrazos y besos de él esa misma noche. No, no he pensado jamás lo que me dices… pareces un adolescente con las hormonas a pico, y te equivocas si voy a cabalgar sobre ti hombrecillo.

Aunque, en el fondo Harriet se moría de probar los labios que nunca pudo probar hace 15 años. Sentía ganas de un hombre que la recorriera de pies a cabeza y qué mejor de un hombre que amaba, bueno o que empezaba a aflorar nuevamente cosas en su alma.

—No quiero dormir aquí, es inmoral —dijo mientras se mordía los labios evidenciando que deseaba ser tomada mujer por ese semental.

Luego el fuego en su interior aumentó cuando James se quitó su traje y luego su camisa mostrando un cuerpo tonificado de un atleta olímpico. Antes de ver más cositas, Harriet se dio la vuelta disimuladamente.

—James, tu habitación es más grande que el apartamento que rentaba antes. —Oye puedo dormir en el suelo no soy tan especial, y así nadie sospechará, saldríamos de la misma habitación cada mañana y seriamos vistos por la servidumbre.

—Si así lo deseas me parece bien, no te preocupes, no creas que soy un enfermo sexual y voy a levantarme exclusivamente a tocarte, no, aunque si tú desearas — murmuró,

— ¿No escuche que dijiste?

— Que las alcobas se hicieron para los casados, pero también para los extraños.

— Resuelto este asunto, iré a terminar algunas cosas en mi oficina, puedes dormir en la cama, prometo dormir en el piso ¡ah! se me olvidaba, hay una persona de las enfermeras que estará vigilando toda la noche a Fiorella, te aviso para que estés más tranquila—. Enseguida salió, y apagó las luces del pasillo.

Harriet no podía creer que James fuera tan lindo y haya pensado en todo para su comodidad. Ya como a las 9 se sintió agotada y pensó acostarse en la cama, pero, aunque tenía la palabra de James, por las dudas de la pasión, prefirió dormir en el suelo.

Como a las 7 del siguiente día sus ojos se abrieron y se dio cuenta que estaba en la cama de James, pero claramente había estado durmiendo en el suelo por que se había despertado entre la noche. Ciertamente sonámbula no había llegado allí, alguien la había cargado dormida y colocado en la cama y quien podría ser más que su amado esposo; James.

Rápidamente vio el reloj y se apresuró porque a esa hora Fiorella siempre se despertaba y empezaba a llorar por hambre, y obviamente no quería incomodar a ninguno del lugar. Recogió sus sábanas ya que no quería que nadie de las criadas se enterará que dormía en el suelo, podría haber chismes. Acto seguido salió rumbo a la habitación de su bebé.

Minutos después se dirigió a la cocina donde seguramente alguien estaba desayunando, y efectivamente, era al que se imaginó; James Marshall vestido elegantemente para el trabajo, —buenos días, ¿Por qué tan temprano?

Él se levantó de aquella enorme mesa de mármol y le respondió —hola amor, —al momento de que le daba un beso tierno y lo mismo repetía con el bebé y todo para no levantar sospechas de las sirvientas que andaban alrededor y solían platicar mucho con su abuelo.

—Disculpa, te interrumpimos, —dijo Harriet

— Descuida, ya terminé.

—Me encantaría sostener en brazos a la ricitos de oro, ¿podría? —preguntó emocionado.

—Adelante.

Ella extendió los brazos y él la sostuvo con una evidente falta de experiencia, peor que un niño. Ella se carcajeó levemente mientras lo miraba con una cara de pena y ternura.

A ella le derretía lo bello que lucía con su hija en brazos, tan tierno que por segundos desearía que fuera real. Y le sorprendía que la beba le sonreía y parecía que lo conocía de años. —Observó por minutos la escena.

Luego de eso, Katherine entró de la cocina al comedor con algunos aperitivos y té, de desayuno para Harriet. Ya tengo la fórmula para la nena —dijo mientras arrimaba la andadera que estaba a un lado.

—James no quiero estorbar, claramente no has acabado de desayunar; continúa.

—Para mí no es estorbo si están mis dos princesas predilectas.

En eso que se fue Katherine, Harriet le susurró —Oye, quería decirte, no soy sonámbula, pero ¿qué hacía yo en tu cama en la mañana? No me explico cómo llegué ahí.

Él sonrió quisquillosamente, —como te vi acurrucada y con frío, me vi en la libertad de ponerte en mi cama, ya que no pesas mucho.

Harriet se puso colorada y se sintió por momentos como la esposa más amada del mundo que siempre soñó.

—Que buena está esta tarta —expresó Harriet, la verdad no había probado una así.

—El joven Marshall tienen los mejores chefs de Seattle señorita —afirmó Katherine mientras salía con algunas cosas a la cocina.

— ¿Tienes algo en mente Harriet que hacer hoy?

—No, pero si me asignas algo encantadísima de poder hacerlo.

—No, solo me refiero, ¿no tienes carro verdad?

—Yo no tengo nada, todo lo que me pertenece están en mis tres maletas.

James sonrió disimuladamente.

—Bien, hoy vendrá mi asistente con un cheque, para que vayas de compras, te llevaré a comprar un auto después, —por mientras te llevará mi chofer Michael, ¿correcto? —dijo mirándola con dulzura mientras degustaba una rebanada de tarta y té.

—No puedo creerlo James, no merezco nada lo que estás haciendo conmigo, me refiero, yo te ayudo con todo gusto, pero tu estas excediéndote… lo del carro olvídalo no se manejar, y lo de ir de compras te lo acepto solo para distraerme un poco.

—A mí no me cuesta nada, además eres mi esposa.

—Sí, pero no necesito carros ni lujo. Únicamente alimento y un techo nada más.

Él quedo impresionado por lo sencilla que era y desinteresada a pesar de su condición.

—No señorita, se tiene que divertir, despúes que vengas de compras, quiero que vayas con el viejo me dijo que lo visitaras.

Luego de unos minutos de disfrutar el desayuno, la madre de James venía bajando las escaleras, obviamente por el estruendo que hacían sus zapatos. Muy de mañana acostumbraba a estar impecable, al entrar a la lujosa cocina miró a todos con algo de pereza y pasó de largo hasta que miró en medio la carriola de Fiorella y murmuró — ¡vaya! está muy mona la nena, ¿cómo estás cariño? y buenos días tú Harriet —dijo amablemente mientras tomaba asiento a lado de James.

¿Y cómo se llama tu nena? —preguntó.

—Fiorella.

— Mmm, lindo nombre —dijo en tono egocéntrico, luego se dirigió a su hijo —necesitaré al chofer, voy hacer algunas visitas.

—James, voy a tomar tu palabra, lo que me dijiste ayer —declaró Harriet sin aire.

— ¿De verdad?

Sully la miró con indiferencia, ¿y adonde irás tú?

—Mi esposa irá a hacer unas comprar y Michael la llevará, pero descuida, lo más seguro que vengan antes para que te lleve a ti.

Sully la miró con recelo con ganas de arrojarle sus comentarios mordaces, pero se contuvo por un instante.

—Además madre, tú tienes chofer, dale una llamada y que venga por ti, no creo que este muy ocupado,

Por dentro Sully se moría de rabia porque su hijo había preferido a su esposa que a ella.

Harriet no soportaría estar toda la mañana con su suegra sus comentarios hirientes cada vez más la molestaban, por eso aceptó ir de compras y aprovecho ese comentario de su suegra. Tal vez iría hacer unas compras baratas, no a las tiendas que solían ir ellos, también pensaba ir a visitar algunos lugares turísticos.

Cuando el asistente le dio el cheque a Harriet justo dentro de la limusina ella en un principio se rehusó a tomarlo.

——No puedo aceptarlo Lucas, es demasiado dinero. 10 mil dólares solo para ir a comprar un par de prendas.

—Es una orden que me dieron, no es nada para ellos, créame. Luego de aceptar fue hacer todas las cosas que tenía en mente. Llevó a la beba al parque de la ciudad de Seattle, se comió un helado y fue a una tienda modesta de vestidos y se compró algunas piezas y luego fue a visitar algunos museos y parques.

Cuando llegó de regreso, Harriet se dirigió directamente al cuarto de Fiorella para que durmiera su siesta. Cuando iba a entrar una de las enfermeras la estaba esperando por el pasillo y le dijo.

—Qué bueno que llego señora Marshall, el señor Hermes me dio la orden que cuando llegará pasará a verlo,

Dentro de sí, Harriet deseó desaparecer ya que no quería pasar lo que había pasado ayer, y sola esta vez, no tendría ayuda de nadie. Con todo y pena siguió a la enfermera al final del pasillo de madera. Luego la enfermera abrió y se fue y la dejó sola.

—Hola señor Hermes —saludó Harriet con voz temerosa — espero esté bien, veo que tiene una hermosa vista al mar ahora.

—Hola muchacha, no tengas miedo no muerdo, anda ven muéstrame a la pequeña.

Ella lo hizo y la puso cerca del anciano.

—Es preciosa, me recuerda a mi hija Sully cuando era pequeña, salvo las pequitas de esta nena que es una monada.

— ¡Bah! —Exclamó, —este malcriado sobrino no me había dicho nada de esto, me tendrá que dar una explicación el condenado, me he perdido su nacimiento y sus primeros meses —expresó algo molesto mientras se quitaba el respirador de oxígeno.

—Veo que vine en un momento incómodo señor.

—No te vayas muchacha, no es usual conocer a una nieta todos los días y menos con el sobrino que me ha tocado, novias y novias y nunca me había traído una nieta que a todo viejo siempre le caerá bien al alma, —manifestó un poco ronco y con respiración pesada.

Harriet en ese momento se sintió mal porque estaba mintiendo de alguna manera, con ganas de contarle al anciano que James no era el padre y todo su matrimonio era una farsa. Aunque le costó mantuvo la boca cerrada más que nada por la alegría que le dio al señor Hermes al ver a su "bisnieta" era genuino y no quería echarlo a perder ese momento con una mala noticia.

—Su nombre es Fiorella —dijo al tiempo que la ponía cerca de la cama del viejito.

—Hola Fiorella, saluda al viejo, a tu abuelito ¿cómo está la nena? que hermosas pequitas tiene la beba. Tras aquello la nena no paró de reír por un buen rato.

— Está muy crecidita ya para tener 5 meses —comentó, — pero no le veo mucho parecido a James, espero no haya un tercero en discordia — susurró mientras le echaba unos ojos detectivescos a Harriet.

—Claro que no, como cree, solo tengo ojos para James, no piense mal, ella es hija de él. —respondió sin respiración y manteniendo la mirada con la de él para no levantar auspicias, y no sospechara.

— Bueno, si así es, me parece encantadora, además amo a los bebés, dan alegría a la vida.

Después de un rato por recomendaciones de la enfermera le dijo al señor que era hora de su medicina y tenía que descansar, luego con algunos berrinches aceptó y Harriet salió de la habitación—.

Tiempo después llegó James y subió con su abuelo, pero no pudo entrar porque el especialista le dijo que estaba durmiendo así que fue con su esposa y tampoco la encontró en ninguna de las 13 habitaciones de la parte de arriba.

— ¿Dónde habrá ido? Mmm, que yo sepa ya debería haber regresado.

James bajó por aquellas 50 escaleras abajo y se dirigió a la enorme cocina, intuyó que estaban las cocineras preparando algo, y para su sorpresa Harriet estaba en medio de ellas ayudándoles haciendo boloñesa y tarta de frambuesa.

James llegó y se le pusieron a ella los ojitos de amor, luego él dijo.

—Katherine ella no debe estar haciendo esto.

—Disculpe señor, pero…

—Es mi culpa James, yo quería hacer esta receta.

—Está bien, no te enojes —bromeó, — te espero en mi oficina, ya sabes dónde, cuándo termines eso mi chef.

—Está bien, —dijo Harriet de buen humor — ahorita término.

Después de una hora Harriet tocó la puerta en la amplia oficina de James con más confianza que antes.

—Adelante.

— ¿Querías decirme algo?

— Bueno no exactamente. Veo que luces cada vez más espectacular —le dijo James.

— Siempre he sido así no mientas, no me gustan los cumplidos falsos.

—No es falso, es en serio, luces increíble. Me contó la enfermera que fuiste con mi abuelo hace rato ¿cómo te fue?

—Pues fue más lindo que ayer, estuvimos platicando un buen rato, luego le dieron sus medicinas.

—Pero ¿no le dijiste nada sobre la niña?

—No, descuida. Le encantó, de hecho, Fiorella le cayó muy bien que hasta se reía con sus caras.

Él sonrió, —sí, mi abuelo es así, un viejo con alma de niño, bueno siento mal no decirle la verdad, pero no hay otra, si estuviera saludable lo haría, pero en su condición no quiero causar un disgusto ya.

—Te mandé llamar porque quería decirte algo. Mañana a las 8 iremos a un evento en 5th Avenue Theatre.

— ¿Es necesario que vaya yo? — preguntó asombrada.

—Claro, eres mi cónyuge, todos irán con sus parejas y no quiero ir solo, presidiré un discurso breve y te presentaré. El empresario más importante no puede ir sin una pareja.

—James, ¿por qué me pones en aprietos? —Renegó, —no tengo vestidos de noche, nunca he ido a una reunión con gente millonaria, ¿y Fiorella donde se quedará?

— Solo iremos unas horas, para ese tiempo ella estará durmiendo y obviamente, estará siendo cuidada por la enfermera.

—Pero ¿no cuidan a tu abuelo?

—Sí, pero irá una extra, un pago especial. ¿Dices que no tienes nada para ponerte? que importa, ahorita mismo le llamo a una diseñadora de la familia muy reconocida.

—James no es para tanto, puedo ponerme cualquier cosa.

— ¿Quién crees que hace mis trajes a la medida?

— ¡Vaya! jamás pensé que eras un metrosexual.

—No es eso, simplemente me gusta vestir elegante, mañana ella vendrá y te acompañará a comprar.

Ella resignada asintió.

— Que tramposo, en ningún momento en el contrato que firmé mencionas que haría todo esto, eres un tramposo — sonrió indulgentemente.

— ¿Y qué hay si hago el oso en esa reunión y quedas mal por mi culpa?

— Ya tengo en mi mente lo que haré, igualmente eres tan besable y abrazable que da igual.

Ella coqueteó con la mirada y asintió — "sobre todo eso, pero tampoco deseo que me andes babeando toda, bueno poquito". — Se imaginó.

— Pero, ¿no te parece fuera del lugar que salgamos? Digo, sabiendo que tu abuelo no está bien.

— Harriet —Le dijo al instante que la tomaba de la mano, — mi viejo no sabe que está pereciendo, él piensa que se recuperará, pero es algo que los especialistas ya dictaminaron, podría sospechar y su martirio sería peor. Por eso quiero hacerlo como si todo fuera real, él me conoce y sabe que era muy social y antes con mi ex solía salir mucho, por lo cual, si cambio esa manera, pensará que es un plan macabro mío y hacerme de su fortuna.

Luego de decir eso agarró de la mano a Harriet y la llevó al balcón fuera de su oficina que daba con vista a las montañas y una parte al lago.

— ¿Ves las flores de este hermoso lugar? este jardín le encantaba a mi abuelo, de hecho, no frecuentaba venir a verme a mí, venía a verlas y se me parte el corazón pensar que no será capaz de volver a verlas florecer para la próxima primavera.

Harriet lo miró a los ojos y él le apretó las manos, — lo siento, la vida es muy corta.

— Y pensar que mi abuelo es uno de los 25 hombres más ricos de Estados Unidos y ni siquiera el dinero puede salvarlo ahora.

Ella asintió con la mirada algo triste por él. — Y añadió— conozco este proceso, cuando mi esposo murió, fue terrible. A veces piensas que siempre tendrás a los seres amados, igual mi madre se fue y me dolió bastante, no sabes cómo es vivir a contra corriente ahí afuera y más cuando no tienes a nadie que te diga unas palabras lindas cada vez que vienes con el alma rota del trabajo.

"Lo siento mi esposa" — pensó James al tiempo que le miraba a centímetros sus mejillas rojas y ojos lindos, con ganas de besarla, pero estaba luchando con ese sentimiento que él jamás pensó iba sentir; amor.

— ¿Lo amaste? — preguntó él de un de repente. Ella evadió la pregunta por unos instantes y luego respondió. — Lo que más me duele de su partida, es que él nunca supo de Fiorella, me refiero, nunca se enteró que sería nena.

— La verdad lo siento.

—No te preocupes ya lo superé con la llegada de mi bebé, — susurró al borde de quebrársele la voz.

— Tranquila no llores, — acto seguido la abrazó tiernamente.

— Cuéntame más sobre él.

Ella agachó la mirada y dijo — ¿cómo?

— Todo.

— ¡Ah! Está bien. Lo conocí en la fábrica donde trabajaba, él era jefe de línea y yo pues, trabajaba en banda, la verdad era un trabajo muy duro y él siempre fue lindo conmigo, hasta me ayudaba en mis labores cosa que no le correspondía. Poco a poco nos convertimos en buenos amigos hasta que escaló a ya sabes; noviazgo, y nos "casamos" en unión libre. Él era alguien muy bondadoso no solo conmigo sino también con las personas que necesitaban ayuda, hacía lo imposible por ayudarles.

El apretó los dientes y simulo sonreír, pero en el fondo no le gustaba la idea que hubo otro hombre primero que él. Era un sentimiento que cada vez lo estaba embargando más y le molestaba, claramente empezaba a encariñarse de Harriet Brown.

¿Y qué hay de tus sueños? — la cuestionó.

— Muchos se esfumaron cuando el partió, otros fueron imposible de lograr.

— Pero eres joven, aun puedes lograrlo.

— Lo sé, pero mis prioridades cambiaron ahora que Fiorella nació. Y ahora que soy parte de tu familia momentáneamente, pues tengo que cumplir con la asignación, ya vendrán después los sueños — dijo con un semblante donde se desdibujaba algo de melancolía.

— Ahora que te observo a esta distancia, no te había visto esa cicatriz que tienes en tu frente, Harriet,

— Yo, pero ¿dónde? — si está en tu mejilla, — dijo maliciosamente hasta acercarse lo suficiente y propinarle un beso apasionado. Cosa que dejó a Harriet helada hasta el punto de sentir una descarga de adrenalina en su estómago.

— Oye, ¿por qué hiciste eso? — practicando.

En eso la madre de James entró con cara de pocos amigos.

— James deberías de estar con tu abuelo, te espera desde hace rato, — gracias mamá, nos vemos cariño.

Harriet sin pensarlo — dijo, — voy a la cocina. Recuerda, estaba preparando el pastelillo.

Ambos salieron al mismo tiempo y dejaron a la señora Sully con su amargura, a Harriet no le encantaba la idea de quedarse con su suegra a solas. Pero, lamentablemente después de unos minutos Sully llegó allá.

— ¿Qué pastel haces? — preguntó con frialdad.

— Un aperitivo para la cena.

Inmediatamente salió a paso firme al cuarto de su hija, no queriendo estar con ella.

Y allá permaneció para no chocar con su esposo que la ponía cada vez más contra la pared, es decir, estaba pasando la línea de enamorarse.

Al fin me quedó exquisita se dijo, mientras sacaba del horno el pastelillo.

Luego llevó a su bebé a los hermosos jardines atrás de la casa que se extendían a unos 300 metros a la redonda, — mi Fiorella, al menos estamos disfrutando estas maravillosas vistas, pronto te llevaré al lago, mientras ¡mira! no te gusta esa flor morada, la bebé sonreía y ella le cortó una flor, — ella pensó — esto durará poco, pero al menos es una experiencia que nunca olvidaré. Sé que no será eterno, pero con los ahorros de todo este tiempo podremos comer. Cuando se termine este sueño, que a pesar de estar en una mentira es por el bien del señor Hermes. Al final la cenicienta que siempre he sido volverá, pero mientras sigamos siendo unas princesas — dijo cargando a su hija en los aires y dando vueltas en el jardín.

Las horas pasaron volando, justo como el día anterior. Luego de que la niña se agotó la llevó a su cuna, y se dirigió a tomar un baño a la recamara de su esposo, y que para su sorpresa no estaba ahí. Se puso un vestido color verde esmeralda que había comprado y bajó de prisa para tomar la cena. En la gran sala estaba James en camiseta sin manga, ella lo miró boca abierta, la masculinidad que emanaba James era tal que la derretía por dentro,
— creí que había llegado tarde — dijo con tono débil.

— Llegas a tiempo. — Luego la examinó disimuladamente — Luces fantástica, ese color te va de maravilla.

Ella estaba tímida observando a James por momentos, como solamente miran ellas, era inusual verlo deportivamente, pero se miraba súper sexy. Después de cenar la madre de James le ordenó — tenemos que ir con mi papá — claro madre, amor acompáñanos en este momento,

Harriet sintió ganas de decir "no iré" pero era su obligación.

Al entrar el señor Hermes lo primero que dijo fue — ¡vaya nietecito! muy guardadito te tenías el secretito, e hiciste preñar a tu mujer antes de casarte, pero ni modo, no me contaste nada de que tenías una heredera, eso me pone muy nervioso, pero tengo que decir ¡felicidades!

Harriet se puso colorada y miró a James que la sujetaba de la mano con ternura.

¡Ah! Es que era una sorpresa abuelo — dijo con tono irónico.

Pero, hijo, cómo es posible que algo tan importante me hayas ocultado, yo estaba sano en ese entonces, podría haber ido. Ya era hora que la trajeras a la casa, además si no hubiera sido, porque le dije a una del servicio que me la trajeran no la hubiera conocido. Ya le tomé bastante cariño a la bebita y eso que solo una vez la he mirado, — dijo — así que hablé con mi abogado y le abrí una cuenta.

Harriet le echó una mirada a su esposo en shock y le apretó la mano.

— No señor, no tiene que hacer esto, de verdad, mi esposo nos da suficiente, además él es el indicado para recibir ese dinero no nosotras.

— Jovencita, es mi dinero y mi dinero lo puedo usar como me venga en gana. Mi nieta recibirá su parte, es la única que tengo, y nadie me lo impedirá.

— Abue, no es necesario — interrumpió James, — pude solventar gastos millonarios con Julieth, ¿crees que no podría con mi esposa?

La señora Sully interrumpió molesta — "¿Qué? A una desconocida papá, cómo vas a pretender dejarla a ella.

Hija sabes bien que tú tienes demasiado, así que tengo el derecho de dar a quien me dé la gana, yo me forjé el imperio y puedo darlo a quien me plazca, además es mi bisnieta, no es una desconocida, el dinero va para ella no para su madre, — sentenció.

James se dirigió a la ventana, lucía enojado porque se le había salido un poco de control, no esperaba que su abuelo quisiera dejarle una parte de la herencia a la hija de Harriet pensando que era su hija.

— ¿No crees que es una monada James tu nena? — preguntó el abuelo al aire.

— Claro — contestó irónicamente, — tiene mis ojos.

— Además es igual a ti cuando eras bebé.

Harriet se quiso carcajear, pero aguantó solo porque estaba la mamá de James. Aunque, a decir verdad, el anciano miraba cosas que no eran ciertas, Fiorella en realidad se parecía Louis y nada a James, daba la impresión de que el anciano miraba cosas que ni al caso.

— Hija — dijo Hermes carcajeándose volviéndose a Sully, — eres una abuela bastante jovial.

Ella lo miró con ojos de rabia, pero sonrió sin ganas.

— Si tú lo dices papá. No estaría mal llevarla de compras para que se vista a la altura, —comentó con cizaña.

— No estaría mal, — es bueno que James pase tiempo con ella, sino se enfría el amor con las esposas, recuerda tu marido te abandonó por eso creo.

Al escuchar eso la señora Sully cambió de tema a propósito, le dio pena que su padre haya dicho eso delante de su nuera que no era de su santa devoción, Harriet se le quedó mirando de sorpresa, jamás pensó que una señora como la señora Sully haya sufrido algo así, viéndosele tan bella y segura.

De pronto en ese embrollo entraron dos del servicio con té y el pastelillo que había preparado Harriet horas antes, los sirvieron y todos degustaron.

— ¡Huy! tengo que confesarlo que te quedó más delicioso de lo normal Martha.

Mientras salía la chef respondió sonrojada, — no señora, no lo hice yo, fue la señora, la esposa de su hijo.

Al escuchar eso casi lo escupe, pero fingió seguir degustándolo, — ¿y quién le dio permiso de andar probando recetas? para eso tenemos el servicio.

— No empieces mamá, ella tiene derecho de hacer lo que le venga en gana es su casa, respétala, por favor-.

Al otro día muy de mañana Harriet y Jenny la experta en imagen, fueron a uno de los centros comerciales más exclusivos de la ciudad a comprar algunas prendas para la velada.

—Veo que tienes una hermosa figura— le dijo al momento que entraban a una lujosa boutique.

— Gracias, no estoy acostumbrada a estos lugares, — dijo algo apenada. — ¡mira Harriet! este vestido rojo es de Dior ¡pruébatelo! — dijo. — Harriet toda nerviosa se disponía a entrar a uno de los vestidores, unos segundos después ella salió — ¡huy que hermosa! ves te queda como un guante al cuerpo, con este vestido acapararás la atención de todos — sentenció, — no los llevamos.

— ¿Pero qué precio Jenny? siento está muy caro,

— Está baratito a diferencia de aquellos de aquel lado, me encantó, creo que es el vestido ideal para hoy.

— ¿Barato?

— Ujum.

— Cinco mil dólares se te hacen baratos por un solo vestido, ¡olvídalo!

— Mira, conocí a la exnovia de tu esposo, ella solía siempre usar este tipo de vestidos, y rebasaban por lo regular los 10 mil dólares.

— Demasiado dinero, ¿y cómo era ella?

— Era guapa, no más que tú, era muy grosera algo que te agradezco a ti que no seas.

A Harriet le dieron unos pequeños celos al escuchar aquello, luego se fueron a probar algunas cosas más, como collares y maquillaje.

— Me dejaste impresionada señorita, eres mucho más modesta que ella — dijo la experta en imagen.

— Te parecen 15 mil dólares modestos —susurró,

— Para tu marido no es nada, él usa trajes de diseñador traídos desde Italia con precios de hasta 12 mil dólares.

— Eso es una locura,

— Veras, así son los millonarios. — ujum — asintió incrédula Harriet.

Le parecía ridículo que gastaran cantidades exorbitantes en simples trapos. Así mismo se le hacía increíble que James siendo tan acaudalado hubiese elegido a ella en representar su esposa, aunque fuera falso ya que seguramente él había andado en aventurillas con modelos. Y ella se sentía fea.

Al llegar a la residencia de lago Sun, Harriet se sentía endeudada con tremendos regalos de su esposo y se puso a barrer gran parte de las habitaciones con miradas extrañas de los médicos que solían recorrer de pronto las habitaciones del fondo. A eso como de las dos de la tarde sin estar enterada de que su esposo había llegado temprano con algunos abogados, él subió y la miró limpiando enérgicamente su habitación.

— Que yo sepa no eres la criada ¿o sí?

— ¿Tú? tan temprano — dijo con mirada contrariada.

— Negocios acaban de irse algunos inversionistas.

— Para eso están las del servicio cariño. Tú no tienes que hacer nada.

Harriet se negó y manifestó — ya acabé. Y claro que no, no es justo que hayas gastado con tu dinero un vestido de 15 mil dólares para mi ¿sabes qué significa eso?

— No…

— Pues medio año de trabajo James, no puedes estar gastando tu dinero en mí, ya con lo que me das mensualmente es suficiente, créeme.

— Cariño eso lo gasto usualmente en cafés con socios, vamos, no seas así, tú eres mi esposa y mereces esto y más— dijo en son de broma.

— No cambias James misma sonrisa de niño, — dijo cuando salía de la habitación con aspiradora y productos de limpieza.

— Me voy a duchar…

— ¿Puedo acompañarte Harriet?

— No tonto — dijo bromeando, — somos amigos James no juegues con eso.

— Está bien, iré con mi abuelo. ¡Ah! Olvidaba, no tomes en serio las palabras hirientes de mi madre, es así siempre, orgullosa y narcisista, es difícil hacerla entender, pero no la puedo correr, porque es su padre y quiere estar sus últimos momentos con él, compréndela.

— Ella asintió, — no te preocupes trataré de ser lo más sumisa posible.

— Bien, te dejo y gracias.

A las 4 de la tarde.

— Harriet, vamos al lago, está lindo el sol, acompáñame para que conozcas, — dijo sonriente y vestía ropa de playa.

— ¿Ahora?

— Sí, ¿Por qué no? la nena ya está despierta y es un día precioso.

— Bien, si tú lo dices, pero así.

— Sí que tiene, sígueme.

Segundos después ella traía la beba Fiorella en brazos y él le hacía cariñitos, — quien es la más bella nena moxa. — la nena no paraba de sonreír.

— Mira James sonrió, no es muy habitual en ella.

— Es igual a ti de preciosa, — confesó mientras le miraba sus labios hermosos.

— Ya basta james no finjas aquí.

—Pero claro que eres hermosa.

— Ella, pero yo no.

— Anda deja esa inferioridad, eres más bella que todas las que conocí, tienes un corazón enorme.

Minutos después caminaron por todo el jardín rumbo a unas segundas escalinatas que llevaban al lago y después el pequeño muelle de unos 100 metros que atravesaba algo del lago.

— Wow, es precioso, la vista desde aquí es increíble, mira cuantas mansiones hay por allá. Es hermoso. Que afortunado eres, y esos yates no me digas que…

— Son míos, te prometo que iremos a dar un paseo pronto en ese yate.

—Me encantaría, a Fiorella se mira que le encantaría también, vele su único dientito al reír.

—Se ve hermosa.

— ¿Quieres cargarla?

— No sé cargar bebés, la otra vez casi se me cae.

— Anda, no te morderá.

— Está bien. — Puso sus brazos tambaleándosele por su falta de experiencia. —Ella se echó a reír, — no sabes, a tu edad todos saben cargar y mírate.

Él se puso nervioso y confesó, — pues nunca había cargado una nena.

Nadie se imaginaría en la calle a alguien como tú; soltero y sin hijos. Seguro eres cotizadísimo.

Al terminar de decir eso una de las de servicio llegó con algunas bebidas.

— Señor James,

Él se volteó — ¡oh! Bebidas…

— Su madre me pidió que le trajera, allá por la ventana está mirando.

— Ya la miré… Citlalli, dale las gracias a mi madre.

— ¿Y ese cumplido de tu madre?

— Cosas de ella seguramente.

Luego de eso, James se recostó en la base de madera de ese puente donde estaban sentados, — sabes Harriet.

— Dime, — dijo mirando hacia abajo ya que estaba sentada.

— Me dejaste impresionado ayer.

— ¡Yo! ¿Pero qué hice?

— Lo que dijo mi abue, sobre ya sabes dejarle una parte de la herencia a nuestra hija. Y como rechazaste, en tu lugar cualquier otra no hubiera reparado en aceptarlo y después pelear conmigo la fortuna, y tú sin ningún interés dijiste tajantemente no, eso es inusual ahora.

— No se trata de dinero sino de valores James, no soy una arpía, y además mi hija no es absolutamente consanguínea de tu abuelo, y pues, eso sería muy mal de mi parte, y mi conciencia no me lo permitiría.

— Me he esforzado en contenerme y no decirle la verdad, y solo porque se le ve ilusionado en tener una bisnieta. Lo que si me sorprende es tu mamá, a pesar que dé me odia no haberle dicho.

— No, tal vez no le caigas bien, pero no… le haría daño a mi abue contándole la verdad de esto.

— Y cambiando de tema James, en todos estos días nunca te he visto que dieras un paseo por aquí, o eres como todos los ricos que no disfrutan lo que tienen.

— Lo que pasa es que no tengo tiempo últimamente con esto de la compañía, absorbe demasiado.

— ¿Y hobbies?

— Me gusta hacer box y montañismo y algo de ejercicio, recuerdo cuando estuve en Italia nomas pasaba esquiando.

—Yo tenía años sin tomar vacaciones.

— Deberás — dijo sorprendido.

— Tú a tus 17 seguramente estabas en prepa y luego universidad, yo estuve trabajando en una fábrica de 6 a 6 y apenas me daba tiempo de disfrutar la vida.

— Pero me dijiste que vivías en New York con tu tía.

— Pues, cuando cumplí la mayoría de edad no me corrió, pero en otras palabras me dijo que fuera buscando un lugar más amplio, que su casa no era hotel.

— Lo siento, fue más difícil de lo que imaginé — dijo mirándola con admiración por tremenda mujer que tenía frente y más capaz incluso que él, que la vida había sido más fácil.

— Veo que esta zona es de ricos, y tu mansión por lo que veo es la más grande.

— Al parecer, por allá viven los Walters una de las familias más ricas, y tienen una cadena de supermercados, tuvimos algunos problemas en negocios y rompimos relaciones.

— ¿Por dinero?

— Para nada, fue una chica que se obsesionó conmigo.

— De veras, — expresó mientras lo miraba maliciosamente.

— Si lo creo, mírate, pareces un supermodelo, quien no se fijaría en ti.

James la miró sonriente mientras en el fondo se encariñaba más y más de ella, que hasta por momentos lo hacía sudar frío y le provocaba sensaciones extrañas en el pecho.

— Y tú que lo tienes todo dime ¿cuál es tu sueño, me refiero a algo que quieras hacer y no has logrado?

El giró la mirada sin despegar la cabeza del piso de madera — y dijo sin pensarlo. — Llevar a mi esposa a la cama y hacerle el amor.

Eso la dejó estupefacta que no supo si sonreír o enojarse o decir alguna palabra. Cómo era posible se preguntaba, qué ella una madre soltera y de belleza normal provocara algo al menos físicamente, a ese galán que había tenido mujeres de a montón y de su nivel.

Intentando disipar esa escena pasó saliva y sonrió.

— ¿Y qué quieres que diga James? con tu inusual proposición, que sí, pues mi respuesta es no, olvídalo, no soy una cualquiera.

— No, era una broma rectificó, no creas que soy un maniaco ¡hey! ¿Porque pones esa carita? — se dobló y se giró con ella sentado, — pensé me estabas faltando el respeto, — dijo ella como una adolescente, sintiéndose en su primer noviazgo y pelea.

— Bueno se está haciendo tarde — dijo y se incorporó, — es hora de que Fiorella tome su siesta, sino estará de llorona.

Él agarró a la nena mientras su mamá se levantaba, ella lo miró con ternura y dijo — James ya sabes agarrar a los bebés, — gracias a ti Harriet, y lo aprendí en un par de minutos—. Luego caminaron a la casa.

Ella iba adelante en sus pensamientos, de algún modo se sentía como una adolescente con mariposas en su vientre al saber que ese hombre que tenía todo, la encontraba sexy a pesar de su experiencia con mujeres famosas. Eso la hacía sentirse la mujer más bella del mundo.

Al entrar de vuelta a la casa, estaba la madre de James con un grupo de mujeres aparentemente de la alta sociedad, luego se incorporó y marchó hacia la pareja, —. Hijo dale más atención a tu abuelo, quería decirte algo, — dijo — no es necesario que pases demasiado tiempo con ellas, que no será por mucho —. Añadió fríamente.

El la vio con indulgencia mientras avanzaba, Harriet se compadeció de él al recordar lo que el Sr. había dicho, sobre la niñez de James que había querido más amor que dinero, especialmente de su madre que era muyególatra y egoísta y lo trataba con frialdad desde su infancia, tal vez, por rencor hacia su esposo que la había abandonado después que él nació.

En el fondo Harriet se sentía protegida por su esposo al ser defendida de su madre, le encantaba esos momentos donde él la hacía sentir su esposa y le decía de vez en cuando cumplidos como el de hace unos momentos donde según bromeando James le dijo que quería llevarla a la cama.

— Voy a bañarla— dijo.

— Si gustas puedo acompañarte.

— ¿Tú?

— Si, — ¿Por qué no?

— Ya que insistes, adelante. —.

Luego de un rato, como una hermosa familia estaba James bañando a su hija, bueno de Harriet y jugando con el agua en la enorme tina que chapoteaba a la bebé Fiorella. Por segundos Harriet dejó que James jugara con ella y se imaginaba por segundos que el padre de su hija era él y no su ex Louis. Su sueño más hermoso por segundos se volvía realidad en esa escena. Pero, luego aterrizaba y se decía como un tic que eso era pasajero y que no se ilusionara porque sería peor para sus emociones.

Quien no quisiera estar casado con un príncipe como él; lindo, millonario y cariñoso. Toda mujer no me dejará mentir. Y ella tampoco era la excepción.

Al instante de acabar de bañarle, entró una de las de servicio. —. Disculpe mi intromisión señor, pero el Sr. Hermes requiere que vaya usted y Fiorella.

— Gracias Fanny, ahora voy.

— ¿Quieres acompañarme?

— No, — Dijo ella sin siquiera pensarlo, tu abuelo solo quiere la presencia de ustedes dos, solo permíteme ponerle su abriguito.

—Me parece perfecto.

— Solo sujétala bien, no vaya a caerse, aunque cada día te tiene más confianza porque ya no llora.

— No me crees capaz, de poder controlar a este angelito — Dijo al momento de ponerse frente a ella, —. La compañía que dirijo es una de las más grandes de Europa, ¿no crees que podré manejar a esta cosita tan pequeña?

— Pues conociéndola de berrinchuda, se puede poner al tú por tú —. Le bromeo sonrojándole. —.

La tarde paso rápido, James salió semidesnudo con una toalla enredada en la cintura, cruzó la habitación y se topó con su esposa que se preparaba justo para bajar a cenar.

— Ups, perdón Harriet, no pensé que, estuvieras aquí, me cambio acá, no te preocupes, — recuerda estuve casada y no se me hace extraño, me daré la vuelta y tú cámbiate mientras yo miro este vestido.

James se puso rápido su ropa interior no quería faltarle el respeto porque sabía que algún día Harriet aceptaría tener algo que ver con él. — Ya puedes voltear — Advirtió.

— ¿Y ese vestido que tienes en tu mano?

— Lo compré esta mañana, ¿qué te parece?

Si quieres me doy la vuelta y ahora cámbiate tú, —. Dijo, —los hombres son más propensos a la vista y seguramente es una trampilla tuya—expresó. Él insistió.

— Bueno, lo haré solo con tu promesa.

— Promesa de oso. — Dijo él.
Mientras se ponía el vestido le preguntó.

— Y tu james ¿has estado con tu novia así?

— No, he tenido bastantes, pero no suelo compartir habitación en cosas así.

— No creo que seas un santo, no me digas que eres virgen, —. Se carcajeó al momento de voltear y haberse puesto el vestido entallado que le quedaba precioso.

Él la miró con picardía y sonrió extasiado.

— ¿Tengo cara de padrecito de catedral?

— No, pero tampoco creo que seas un… como el virginal a los 50 ¿o sí?

— No.

— ¿Y tú, tuviste sexo como veo antes de casarte Harriet?

— Oye, esas cosas son personales, no responderé detalles de mi vida íntima.

— ¿Por qué, acaso no eres mi cónyuge?

— No. Solo que nadie decide por mí que cosas sabrán de mí, por cierto, te recuerdo que estamos solos, dejemos este fake, siempre seremos falsos —. sentenció.

— Quién dice que no podemos ser algo — Susurró mientras ella sostenía su ropa que se había quitado.

Ella no contestó.

Él se terminó de poner sus zapatos y pensó por momentos que era cuestión de tiempo que Harriet lo aceptara. Aunque no quería aceptarlo, James empezaba a desearla demasiado. Ya no la miraba como amiga ahora la miraba como una mujer encantadora.

Por primera vez James se sentía como un hombre de verdad al tener una mujer como Harriet, se sentía dichoso, aunque sabía que todo era arreglado. La mansión se sentía como hogar al fin, no simplemente una casa vacía llena de lujo. — "ojalá se quedara para siempre" — pensó por unos momentos él.

Cuando salió de peinarse, Harriet estaba sentada en la cama y la miró con ojos de amor y le dijo —. Oye, me siento feliz.

— ¿Por qué?

— Pues siento que, no sé, creo que tener un bebé cerca me hace sentirme alegre.

— Pues cuando te cases puedes tener todos los que quieras, seguramente saldrán hermosos, —. Comentó mirándolo con ojitos de ternura.

Se quedó pensando unos momentos y reveló —siempre quise tener bebés cuando era más joven, pero nunca llegó la indicada, las novias que tuve siempre eran vacías y huecas.

—wow no habías dicho eso nunca, pues yo hubiera gustado tener a Fiorella a tu edad, pero con un trabajo estable para darles lo mejor, pero ya sabes, las cosas pasan por algo.

—Te admiro Harriet — Dijo.

— ¿Tú a mí? ¡Bah! que me vas a admirar, casi tengo tu edad y no he logrado nada.

— ¿Porque dices eso? el tener una princesa como Fiorella es el logro más grande que puedes tener.

— Claro, obviamente, pero me refería todo tiene una consecuencia, me refiero, hubiera sido más lindo haber logrado todo antes que ella naciera, pero ni modo cosas de la vida.

— Pues, todavía puedes lograr todo lo que te propongas, aquí estoy yo para apoyarte en todo.

Ella lo miró a los ojos y él le tomó la mano, tragó saliva y sintió un fuego electrizante en su piel, — Gracias.

— Se levantó de una y dijo intentando cambiar de tema. — Ya va hacer la cena James, — vámonos.

Esa noche en la cena las miradas y comentarios de la señora no hicieron algún efecto en ella, pareciera que cada vez la atracción que sentían ambos disipaba todas aquellas cosas. Solo pasaba pensando que de nuevo dormiría en la cama de James y le aterraba pasar la línea dormida y si se ponía demasiado cerca de él y él la tomaba dormida le aterraba, pero a la vez la excitaba en demasía. Empezaba a desear las caricias de un hombre y más como él, pero confiaba en su palabra de no traspasar esa barrera. Aunque una parte de su cabeza le decía que accediera otra le decía que eso violentaría la fidelidad de su difunto. Aunque, ella no tenía mucha experiencia en el tema erótico, James se miraba que le sobraba.

— ¿En qué piensas? — Preguntó James.

— En nada.

— Te mirabas demasiado pensativa. — En eso le avisaron de una llamada importante y salió.

Ella bajó la mirada y se quedó sola en la sala y topó con la mirada de la madre de James que estaba al otro lado de la mesa de la sala.

Sin pensarlo le preguntó solo para no tener que soportar esos momentos de silencio incómodos. —señora Sully ¿va acompañarnos mañana a la reunión de su hijo.

—La miró con indulgencia y respondió frívola, —si claro que iré, cosas de negocios, además mi padre es muy exigente y siempre suelo acompañar en este tipo de eventos a mi hijo.

Harriet meneó la cabeza disimuladamente de incomodidad.

—Pero no te preocupes muchacha —agregó, —usualmente duran seis horas las reuniones, pero por tu bebé puedes venirte antes, irán los dos choferes el mío y Michael, ya lo conoces.

En ese momento James volvió, ¿y de qué conversan?

—De la reunión de mañana.

— ¿Por eso fuiste de compras con Jenny la experta en imagen?

—Fue idea mía madre, es un evento importante de inversores y me verán con mi esposa, eso suele ser psicológicamente un plus.

—Esperó haya elegido un buen vestido—se jactó la señora, —no es un eventucho como los que la gente de por ahí hacen, y vestiditos baratos.

Harriet se molestó y refutó, —pues, aunque no crea, se vestirme para la ocasión, —ella la miró mordazmente por su desafío.

— Pues ni pienses que irás con cualquier ropita Harriet es un evento importante y viéndote tus vestidos que sueles usar no puedes ir así, son de pésimo gusto.

—Pues mañana mi esposo decidirá si quiere que lo acompañe —contestó enojada.

—Tranquila Harriet, no creo que mi madre lo hiciera a propósito, solo quiere ayudarte.

Se levantó y se fue directo a la recamara furiosa por aquella escenita de la señora Sully, "es que es insoportable, solo por no ser de su clase, siempre está jodiendo, y lo que me falta ahora es sentirme con esa pasión hacia su hijo".

Se cambió de ropa y se puso la bata y salió en dirección a la habitación de su hija, ella dormía plácidamente que por un instante le disipó el coraje y hasta se sentó a lado de la cuna, es que la ternura de su madre era tal que la ponía de buenas. —Algún día mirarás a tu padre, mi amor—.

A las 7 de la mañana entraban los rayos del sol y despertaban a Harriet. Ese día al abrir los ojos fue especial, al lado sentado junto a ella estaba James con su característico rostro sensual, despeinado y su torso desnudo, sus ojos azules la hacían ponerse torpe, y qué decir, de su abdomen esculpido como los dioses, y sus pectorales fuertes. — ¿Qué tal? ¿cómo amaneciste?

Harriet al verlo sintió una emoción que la perturbaba, sentía una especie de fuego en su pelvis que la hacía por momentos divagar y tartamudear, pero ante todo siempre guardando la prudencia.

—Hola James, pensé que… — susurró tragando saliva para humedecer su garganta seca por los nervios y se mordía los labios inconscientemente con ganas de salir corriendo o ponerse la almohada en la cara.

—Creo que es muy temprano señorita.

—No puedo dormir más tarde.

—¡Ah! interrumpió James, ayer tenía algo que te iba a dar —dijo, mientras se estiró a la cómoda para recogerlo ese movimiento los puso cerca que Harriet pudo oler la esencia de James y sentirse al borde de tocarle, es que era tan irresistible ese cuerpo masculino parecido a los supermodelos de las revistas. —. "que se sentirá esos músculos tocar". —Se decía constantemente ya que le embargaban esos sentimientos de adolescente.

—¿Qué es esto? —dijo ella emocionada.

—Es un collar y quiero que te lo pongas hoy, será una noche especial.

—Qué lindo eres, wow, es hermoso, pero por favor James deja de comprarme cosas — manifestó nerviosa tratando de apartarse y evitar que se lo pusiera en el cuello, pero fue en vano él lo logró.

—Espera, date la vuelta —dijo, —te lo pondré, a ver cómo te luce —ella se sentó al borde de la cama y James tras ella, sentado de rodillas en la cama, ella sintió su respiración en su cuello y el olor de su cuerpo mientras las manos de él pasaban por su alargado cuello, su respiración se aceleró que incluso James se dio cuenta.

—¿Estás bien? —preguntó mientras terminaba de abrocharle el collar.

—Si— Contestó sin saber lo que dijo.

Pero la astucia y sensualidad de James ganaron por momentos, — Harriet siéntate, — ella obedeció luego le tomó las manos y le besó lentamente la boca, ella accedió y dejó que el encantamiento del momento la llevara. La sensualidad de los labios de James fue en ese instante imposible de resistir, hasta que alguien tocó la puerta. Ella se paró de un salto y se frotó los labios, mirando a su alrededor incrédula de haber hecho eso.

—Disculpé —dijo la enfermera —la bebé ya está hambrienta, no la quise molestar, pensé estaba dormida, pero acaba de empezar a llorar —Ahora mismo voy —dijo Harriet al momento que salía al pasillo con paso firme.

—Estaré abajo— Avisó él a sus espaldas —les acompañaré el almuerzo.

Ella agarró de los brazos a su hija y salió temblorosa después de aquella escena. Sabía que, si seguía enamorándose de James a tal punto, después no habría retorno, sería peligroso. Pensaba que lo más seguro es que él solo se estaba fijando en ella para la pasión mas no amor, por eso se repetía cada instante evitar las escenas de ese tipo para no caer más y más en la provocación.

Después de desayunar se puso sus mascarillas y se preparó todo ese día para la gran noche, acompañar a su esposo y a la señora. El vestido rojo y el pronunciado escote llamaban bastante la atención, por la sensualidad de Harriet y sus zapatillas estilo moderno la hacían verse espectacular. El vestido rojo llegaba por debajo de las rodillas dándole un toque de sensualidad y al mismo tiempo elegancia, y realzaban sus ojos grisáceos. La cadena hacía juego con su cabello rubio brillante. Y sus pecas realzaban más de lo normal su belleza exótica. Era hora de bajar las escaleras porque se acercaba la hora de irse, temía bajar y esperar las críticas mortales de su suegra, y más aun de su esposo que seguramente la esperaba despampanante. Pero como ella no era experta en maquillarse y esas cosas, se la jugó igual. Ya le habían dicho algunas de las cocineras que se miraba perfecta, pero tampoco podía confiarse mucho de halagos entre mujeres, así que se decidió bajar.

Bajó despacio, mientras los nervios la consumían… al fondo de la sala había servidumbre y James estaba sentado junto a su madre platicando. Al aparecer ante sus ojos James la miró con ojos misteriosos únicos en él que le dieron confianza hasta llegar abajo. James vestía un Levita negro que le hacían mirarse súper guapo y elegante, con algunos moños y adornos y unos zapatos cafés, su peinado era como el de Johnny Deep súper masculino.

—wow —dijo James. Mirando a su madre y después chocando mirada con Harriet —te ves fabulosa,

—Ya era hora de que bajaras, —musitó su suegra. Acto seguido la miró con indiferencia mientras la bombardeaba de pies a cabeza.

La señora llevaba un vestido negro de diseñador y joyas millonarias, era el ejemplo perfecto de señora experta en esa clase de eventos sociales.

—Apresurémonos, el chofer está esperando —dijo.

Mientras avanzaba adelante hacia el porche, donde estaba su carro de lujo, James tomó de la mano a Harriet y salieron con Michael su chofer.

Previamente de todo esto James se había despedido de su abuelo. Y Harriet de su nena que la cuidaría la enfermera Benny.

La señora iba furiosa por las miradas que causaría el vestido de Harriet, demasiado sexy y atrevido para su opinión, igual no podía hacer nada, porque a su hijo le había encantado como lucía esa mujer. Aunque, a decir verdad, esa noche Harriet no tomó muy a pecho los comentarios mordaces de su suegra.

Era una hermosa noche despejada y llena de luces celestes que daban un toque romántico a la velada. La señora ya se había adelantado al hotel Huslock el más exclusivo de la ciudad de Seattle. James se sentó frente a Harriet y el chofer arrancó. Al llegar al lugar estaba abarrotada de personas que gustaba ver gente elegante y famosa desfilar por la entrada del hotel Huslock.

Ellos desfilaron por la entrada principal. El lugar era gigantesco y hermosamente decorado y lleno de lujos, que en cierto punto Harriet se sentía minúscula entre gente evidentemente millonaria y mujeres con vestidos elegantes. Había mesas distinguidas y toda clase de adornos para amenizar el ambiente más una tarima enorme para los discursos seguramente. Y había muchas sirvientas dispersadas alrededor que le hacían recordar su antigua vida. Había trabajado ya en lugares de ese estilo y conocía el trabajo. ¡La madre de James se acercó y se dirigió con los Luxors, empresarios dueños de cadenas de servicio, — ¡Vaya! tu madre conoce a muchos aquí — comentó impresionada.

—Mi madre es conocida en la alta sociedad desde que era joven, en muchos estados de este país.

No le importó que la señora la haya ignorado por completo y haya pasado de largo con esa familia poderosa, al final se decía, para qué sentirse mal si ella solo estaba cumpliendo con un trabajo. No sería eterno su matrimonio.

—Bebamos algo, ¿qué te apetece Harriet?

— Tengo años que no tomo un vino ¿qué dices?

—Me parece bien, concordó James.

Acto seguido caminaron a las mesas principales frente a la tarima al tiempo que muchos lo saludaban con "señor James Marshall", obviamente él la tomaba de la cintura a su esposa en dirección a los asientos. Ella se sentía maravillosa y ansiosa, y amada por primera vez después de varios meses. Se preguntaba cuál sería la sensación si James le besara y palpara partes que no suelen tocarse en público. — Bueno, vuelvo ahorita —dijo James mientras iba por el vino.

—James mira. Detrás de ti.

—¿Qué sucede por allá? James se giró y miró.

—El senador de los demócratas ¿verdad?

—Sí, es mi amigo, ¿quieres que te lo presente? —dijo. Ella bajó la mirada, —no, solo me impresionó, jamás imaginé que conocieras personalidades de este tipo.

—En los negocios cariño conoces a todo mundo, la política va de la mano de los negocios—murmuró. Mientras tomaba asiento. —Compañías Marshall es una de las compañías más grandes del mundo y conozco muchos de Hollywood.

—wow, ¿a George Clooney lo conoces?, —claro, he salido algunas veces con su manager y él, negocios —dijo.

—Pues espero conocerlo —susurró en broma. James bromeó — ¿me cambiarás por él?

—Claro que no tonto, —.

Un momento después James le proponía a su esposa ir a bailar, ella sin pensarlo aceptó y caminaron hasta el centro donde gente influyente y poderosa bailaban con sus parejas, la mayoría no rebasaba los 45 años. Harriet se sentía dentro de una película de cenicienta, donde James era el príncipe azul del cuento y ella la princesa. Empezaron a bailar románticamente la canción de Whitney Houston "I will always love you", ella estaba pegada a él, sintiendo sus manos en su cintura y otra en su mano, sentía la respiración cerca, le sorprendió lo bueno que era bailando, por lo que se dejó llevar en ese ambiente de romanticismo. A mitad de la canción James le dijo susurrándole al oído, —¿Quieres tener algo en serio?

Ella se atragantó y le pegó sin querer en la espinilla torpemente con su pie y luego quiso enderezarse y —dijo — ¿Cómo? no entendí.

Él la tomo nuevamente y continuaron con la canción, —discúlpame por esa sorpresa tenía que decirlo, —James, me has dado un mega susto del demonio, no bromees.

—No bromeo señorita, —afirmó, mirándola fijamente que hasta la hacía temblar sin querer.

—Sé que sientes algo por mí, — Le Reveló al momento que iniciaba la canción de Celine Dion- "My heart will go on".

— ¿Qué has dicho? —dijo, agachando la mirada y poniéndose colorada que sentía que se le aflojaban los pies.

Se indagó al instante cómo supo James que ella sentía eso por él, si no le había dado razón para que él sospechara —se preguntó varias veces, mientras tambaleaba por momentos y era sujetada de la cintura por los brazos fuertes de su esposo amado.

—Lo sé Harriet, sé que sientes algo por mí, pero no quieres demostrarlo.

—No digas eso James, jamás he dicho eso, son solo suposiciones tuyas.

— ¿Suposiciones? si tus mirada y respiración cada vez que me acerco lo dicen todo señorita, conozco a las mujeres y no soy tonto.

Ella quería salir al baño corriendo, pero trató de contenerse como pudo mientras de alguna manera disfrutaba esa preciosa canción, y James por su parte dejó de insistir dejándose envolver por el momento mientras sentía el cuerpo de ella muy pegado al de él. Claramente se volvían el centro de la atención por ser los más hermosos físicamente y de estilo.

Cuando empezó la canción "Kiss in the rain" de Yimura, él le dijo —eres la única mujer que me hace sentir esto, de solo querer tomarte de la mano o salir a pasear al lago, sin que piense en solo ir a la cama, —la miró a los ojos y la besó tiernamente ante algunas miradas envidiosas de ex inmiscuidas por ahí. La madre de James los miraba a lo lejos furiosa con mirada asesina, sabía que esa mentira estaba escalando y eso no le parecía mucho de su agrado.

—James ¿por qué me besaste? aquí no tienes que simular no está nadie conocido que le cuente a tu abuelo, ¿o sí?

—Te besé porque quise —respondió con firmeza…

— No quiero hacer esto, —dijo mientras el baile continuaba.

En el fondo no le agradaba la idea de que para James posiblemente fuera solo sexo, pero le encantaba sentirse así y ser tratada de ese modo, en un momento dijo — quiero tener contigo eso que me propusiste.

El la miró hechizado con esos ojos penetrantes —jamás te creí tu primera respuesta —aseveró, —no crees sería lindo irnos ya, vamos llegando, pero podríamos…

—No James, vamos apenas iniciando el baile, además tanto show para ir a comprar y no disfrutar la fiesta —dijo.

El asintió y susurró —me parece perfecto, pero después iremos hacer lo que los esposos hacen.

Ella al escuchar eso le dio una emoción como cuando estás aburrido y alguien te invita a salir, se emocionó y sus cachetes se pusieron rojos. Sabía que no era algo bueno, pero siempre había sido una niña buena, por primera vez se aventuraría, ¿qué podría pasar? Enamorarse, y después sufrir como tonta por amor de alguien inalcanzable.

Esa noche James la presentó desde el atril a todos los millonarios que no escatimaron en aplaudirle y felicitar al empresario más rico de Seattle, por su lindo matrimonio.

—James ¿alguna vez llevaste a la que tu abuelo quería como esposa a eventos así?

—Claro, pero por suerte descubrí la mentira a tiempo y no me casé.

Ella se llevó a la boca un bocadillo y murmulló, —James, no olvides que nuestra relación es una farsa.

Él la compenetró mientras daba un sorbo de champán —¿yo? somos adultos.

—Ujum ¡adultos! es tu excusa, Aparte de eso, has sido el mejor esposo, que no exige nada —sonrió titubeante.

—Si lo sé, pero podría dar un giro todo, no olvides que las aventurillas no hacen a una mujer esposa o como la gente normal lo llama una cariñosa o más bien amante.

Ella tragó saliva y se mordió las comisuras de los labios, su piel de un rosado intenso cambió por el nerviosismo a un rojo arándano.

De pronto al terminar la canción y dejar de bailar, llegó una mujer como modelo y los abordó.

—¡Vaya, Vaya! señor Marshall —dijo una vez que se aproximaba a la pareja.

Era una rubia despampanante, alta, de aspecto rusa, con acento francés, sus ojos violetas miraban fijamente al hombre de Harriet que a comparación de la otra mujer no se quedaba atrás.

— Julieth —dijo con voz firme mientras le daba un beso en la mejilla, no esperaba verte aquí, —dijo James mientras le esbozaba una pícara sonrisa.

"No olvidaré los recuerdos que tuvimos en esta realidad, porque en la otra los vamos a retomar" Arnut E.

— Lo mismo pienso, pero tú seguramente te quedaste más sorprendido, pues tu eres el hombre de negocios — dijo — y yo estoy muy bien, vine a acompañar a tu mamá, ella me invitó.

— ¿Qué? — vociferó, — mi madre nunca me dijo eso.

— Secretos de mujeres, — sonrió — tenemos muchas cosas que platicar James — dijo en tono provocativo.

— Yo contigo, pero ¿de qué? — indicó dando un paso atrás de ella.

— James ya te pedí perdón hace meses, el asunto con tu abuelo de que me casara contigo por tu riqueza, al principio acepté lo admitió, pero quien no se enamoraría de ti, fuera del dinero. No necesitas ser rico para llamar la atención de una mujer, tienes todo. Gracias a eso te conocí. De alguna forma estoy agradecida con tu abuelo por eso—.

Ella era la joven Julieth que al principio estuvo comprometida con James y acordó un acuerdo con su abuelo para "hacerlo madurar" y de alguna forma responsable, pero James lo descubrió y se separó antes de casarse. Pero esa mujer era preciosísima también del estilo de Harriet, pero dándole un tono más europeo, piel porcelana y aceitunada, ojos como Elizabeth Taylor y un cuerpo escultural.

Harriet estaba celosa por la belleza de Julieth y más porque había compartido a su amor, quería tomarla del pelo y arrastrarla, pero se aguantó.

— James, olvidas todo lo que vivimos, ¿tú crees que eso era falso? — señaló, mientras miraba a Harriet con frialdad y poca cosa.

— fui manipulada por tu abuelo y por eso actué así en algún punto, pero yo te amaba y sé que tú también me amabas, lo sentía en cada beso, admítelo, tú también me amabas, una mujer sabe cuándo un hombre la ama.

— Lo siento Julieth, supongo ya te enteraste o te lo dijo mi madre; ya me casé con Harriet y te la presento — dijo con seguridad.

Ella le echó una mirada con odio y sonrió falsamente.

— Claro que todo el mundo sabe que te casaste con esa sirvienta — manifestó burlonamente.

Harriet no se quedó callada y le refutó en cara sin contemplaciones.

— Al menos me ganaba la vida, no como otras que solo andan de caza fortunas, además que no se te olvide, soy la esposa ahora del señor James Marshall, seguro te corroe la envidia.

Ella la miró y sonrió, y se tragó el orgullo, e inmediatamente cambió de tema.

— ¡Mira! ahí viene tu mamá James.

La señora llegó saludando de beso y pomposamente a Julieth que supo corresponder sus halagos.

— Querida te ves preciosa, acaparas las miradas de todos.

— Gracias chulis, tú también te ves fabulosa, te llame hoy, pero no contestaste.

— Disculpa linda, no estuve en mi residencia hoy, estoy con mi padre en la mansión Lago Sun, y suele pasar que las criadas, no escuchan.

— Ya veo, Sully, deberías de contratar otra criada, —dijo mordazmente Julieth indirectamente para lanzar un comentario hacia Harriet.

— Pues eres bienvenida Julieth, tienes que venir a visitarnos, no le caería mal una visita tuya a mi padre que te estima bastante.

Harriet por dentro se decía: "ahí no, ni se les ocurra par de lagartonas". Pero de repente Harriet se le quedó mirando a la encantadora Julieth y pensó que el sexy millonario estaba cambiando de planes por sus miradas y arrepintiéndose de no haber aceptado a Julieth porque de todas las chicas que había visto esa noche ella era espectacularmente la más hermosa, más de lo que la describió James en un principio. A comparación de ella se decía, no era rival ella para Julieth, hasta en cierto momento se sintió fea. —Gusto en saludarlos — dijo Julieth, — vámonos cariño — dijo la madre de James mientras daban la vuelta con ella y bromeaban dirigiéndose con algunas personalidades.

"James no quiero perderte" — dijo una voz de Harriet desde su interior, luego meneó la cabeza y pestañeo rápidamente y desvaneció aquel tonto pensamiento obsesivo. Es que para ese punto ya sentía celos y era algo que no deseaba sentir, no quería ya volverse jamás a separar de ese hombre tan bello.

— Vamos, esa canción me gusta, exclamó él mientras se terminaba el aperitivo y agarraba de la mano a Harriet que se jaloneó disimuladamente.

— ¿Qué pasa, no quieres ir de nuevo a…?

— No — dijo en tono por momentos berrinchuda.

— ¿Por qué?

— No tengo ganas ya, tal vez porque es muy noche.

—Apenas son las 11 p.m. apenas inicia la diversión.

— Quiero darle de comer a Fiorella.

—¿Ahora? ella está plácidamente dormida, hasta la mañana despertará.

—Solo quiero volver — susurró.

James sonrió pícaramente, — ¡ah! ya sé, celosa, no que no sentías nada por mí.

— No es eso James, deja de bromear — dijo sonriendo con la mirada maliciosa como una adolescente en sus primeros arrebatos. Es que no quería parecer inmadura como una chiquilla, pero no podía dejar de sentir recelos.

— ¡Huy! todas quieren casarse contigo ahora James, y esa tipa no es la excepción.

— Ella se resiste a admitirlo, pero lo nuestro terminó hace rato.

— Pues, tus ojos se miraron bastante atentos hacia ella— susurró con reproche.

— Es hermosa, no puedo negarlo, pero olvida a Julieth, ahora tú…

— ¡Olvidarla! pues pronto irá a visitar a tu abuelo y por lo que se, él deseaba a ella para ti.

— Pues cuando se enteré que tenemos un bebé se resignará — dijo James.

— ¿Tú no madre no le ha contado?

— No.

— Porque estaba pensando James, si se llega enterarse esa mujer que mi hija no es tu hija le dirá a tu abuelo la verdad y eso lo mataría por tú haberle mentido.

— Mi madre no dirá nada y en lo que a mí respecta tampoco, nuestro plan seguirá, ya después si no quieres soportar más cada quien por su lado.

— ¡Ha! y olvidaba, lo que acordamos hace un rato sigue en pie — le recordó.

James la llevó a bailar la canción "up where we belong" de Joe Cocker.

— Dejemos esta discusión, bailemos esta balada, es una de mis canciones favoritas. Cuando te conocí en el 94s no me gustaste como chica, pero me encantaba esta canción, digamos que representó nuestra amistad.

Harriet estaba llena de sentimientos encontrados desde rabia, celos y amor y no se movía con naturalidad debido a sus músculos agarrotados que se oponían a relajarse, se sentía minúscula por el estilo y la belleza avasalladora de Julieth, y sentirse menos cada vez que le decían sirvienta y que ella no había pasado por cosas así, le dolían de alguna forma.

— Wow, no me habías dicho eso — dijo mientras lo miraba con amplios ojos de ternura, pretendiendo ocultar su inseguridad—.

Aunque sabía que era la esposa, algo le decía que si esa mujer Julieth, hubiera estado ahí en ese bufet bar aquella noche seguramente jamás le hubiera propuesto matrimonio a ella, tal vez lo hizo por un arranque de rabia que ve a tu saber. El problema que ya estaba enlodada y no podría salirse del trato, tenía que tener relaciones con él.

Ya entrada la noche y haber pasado momentos increíbles, así como momentos de amargura James le recordó.

— Vámonos, tenemos algo pendiente.

Ella se hizo minúscula, quería hacerlo, pero a la vez no. Ya se le habían quitado las ganas. Solo de ver a Julieth le entraron unos sentimientos de inferioridad, y más aún, porque sería la tercera en discordia. Claramente esa mujer no iba a dejar a James, así como así, se miraba que estaba decidida a casarse con él.

En esos momentos llegó la señora Sully.

— Hijo veo que también ya te vas, — si madre, ya estábamos de salida. James tomó a ambas mujeres de las manos y caminó hacia fuera donde esperaban sus respectivos choferes.

— Julieth se fue hace rato, no quiso despedirse por la escenita de tu…, pero mañana lo más seguro de que vaya a la mansión a platicar, espero tu esposa no se enoje, no hay razón para…, — susurró.

— Usted sabe bien señora nuestro trato, no tengo porque enojarme — contestó Harriet mientras caminaba, — no soy dueña de nada ahí y no tengo la autoridad para decir quien va o no.

— Basta de peleas, — ordenó James y camino con Harriet directo al auto donde su chofer los esperaba — lo siento mamá, pero tú recibirás a Julieth, yo y mi esposa saldremos a pasear con la nena, mañana es domingo y el clima estará perfecto para ir a las montañas.

— Eso es grosero James, ella ha sido buena contigo siempre, y lo menos que se merece es recibirla.

— Mamá, estoy casado, no olvides.

— Pero es falso.

— ¿Puedes bajar la voz? — dijo molesto volteando a los lados por si no venía algún conocido.

— Perdón.

— No vuelvas a decir eso, — refutó furibundo.

— Mañana iré a las montañas a pasear con Harriet ¿entendido?

Ella frunció el ceño de mala gana y se marchó con su chofer.

— Gracias James, por no pasar otro mal momento con tu ex… demasiado…

—Descuida, está helado aquí, subamos.

Ya en el carro en marcha ambos iban mirando cada quien por su ventana los enormes edificios del centro de Seattle en un ambiente de romanticismo. — James — susurró Harriet, — ¿nos crees que fuiste algo grosero con tu madre? Digo, le hablaste más alto de lo normal,

— No Harriet, — mi madre siempre ha sido dura, pero no tiene ya que entrometerse en mis asuntos, cuando lo único que estoy haciendo es lo mejor posible para todos, además, si quiere que Julieth vaya, pues es su responsabilidad de atenderla, yo no tengo ya nada que ver con ella, fue parte de mi vida, pero ya no, eso quedó en el pasado.

— Pero si estuviste dispuesto a casarte alguna vez con ella, fue por algo ¿no?

— ¿Qué has dicho? ¿Te parece bien que alguien se haga pasar que te quiera, pero solo desea tus millones?

Ella arrugó el entrecejo y susurró volteando al otro lado de la vista de la ventana— pues lo que estamos haciendo es prácticamente lo mismo.

No le gustaba mucho la idea que James solo la utilizara de alguna manera para quedar mal a su madre y esa tipa nueva.

— Oye, ¿por qué tu mamá siempre es así, de indiferente, o solo es porque estoy estorbando en su familia?

— No digas eso, mi madre cambió mucho según lo que me comentó mi abuelo, fue desde que me concibió, no fue de su agrado quedarse embarazada, es por eso que mi padre la abandonó. Y ella lo amaba y esa amargura la arrastró siempre, la hizo fría.

— No, no digas eso, tal vez sea fría, pero ella te ama.

— Pues su "amor" siempre ha sido así, muy distante.

— El hecho es que mi padre desapareció un día y nunca volvió. Según lo que cuentan mis tías, mi abuelo lo amenazó, aunque dudo, pero, al fin de cuentas mi madre supo dónde estaba en un principio, pero por amenazas de mi abuelo se alejó, su amor no fue tan fuerte para seguirlo, prefería su comodidad que vivir con el amor de su vida, pero pobre.

— Cuanto lo siento James que no hayas conocido a…

— No pasa nada, eso fue hace décadas y la verdad no siento nada por mi padre, si es que vive todavía.

— Pero fue algo difícil para tu madre supongo, al fin era el amor de ella. Aunque se mira que le afectó. Por sus ataques a todo… eso es una señal de que no es muy feliz. — James tomó la mano de Harriet e hizo trazos imaginarios en su palma con su dedo mientras el coche avanzaba por Nation Street avenue, — ¿qué haces James?

— Una vez fui de vacaciones a una isla africana y el chamán me dijo que las chicas que tienen esta línea en forma de N en lugar de la M, siempre conocerán el amor y serán felices…,

—No mientas tonto — dijo Harriet dándose a querer.

— De verdad, no te había observado tu línea, además de ser tan suave—. Entre las luces de atrás del coche James besó tiernamente los labios dulces de Harriet, ella lo complació, luego volvió a su asiento.

—Ya casi llegamos cariño.

Ella se puso más apasionada, porque sabía que esa noche harían el amor y eso la ponía a temblar, aunque fuera falso por parte de él, para ella era demasiado real. Entraron a la casa, Harriet fue a ver a su nena que dormía y no quiso despertarla, por lo cual fue directo a la habitación donde James la esperaba.

— ¿Estás lista? — preguntó él, que ya estaba sin zapatos y solo en una camisa transparente de color rojo.

— Jamás he hecho algo así, me refiero, a estar con alguien si tu no…

— No digas nada, — dijo él mientras le ponía lentamente su dedo en sus labios. Shhh, no digas nada.

Luego la abrazó, y ella empezó a temblar evidenciando su nerviosismo.

— No tengas miedo, no hay necesidad de temblar.

— Es que — dijo sin saber qué decir. —.

Sentía una adrenalina inusual que nunca experimentó con Louis algo de esa magnitud, un calor extremo que la hacía casi desmayarse y sus poros se erizaban de la emoción. Luego empezaron a besarse. Y la noche empezó para ellos.

Cuando abrió los ojos muy temprano, los sentimientos afloraron, empezó a recordar todo lo que vivieron anoche ella y él. Se sentía amada por primera vez, aunque solo fuera en su mente.

En seguida volteó y James estaba inmóvil con los ojos cerrados, dormido como un bebé, ella lo miró con asombro y recordó como ese caballero le hizo el amor como nunca su esposo lo llevó a cabo. La hizo sentir estrellitas, así como cosas nuevas que jamás imaginó hacer. Con ganas de que eso se volviera a repetir seguido.

Quiso levantarse sin hacer ruido porque iba a ver a su nena, cuando de pronto él abrió los ojos.

— ¿Para dónde va mi reina?

Ella se quedó inmóvil y los colores se dispararon en sus mejillas, — buenos días, ¿cómo estás? — preguntó agarrándola de la mano y besándola como muestra de saludo.

Ella hizo los ojitos pequeños y le respondió con una voz dulce — bien, Voy allá.

— ¿Dónde?

— Que tonta soy digo, con… Fiorella.

Seguramente todos pensarán que estuvimos haciendo el amor susurró James para si— "¿porque no lo hacemos otra vez?"

— Es muy tarde ya, nos dormimos demasiado noche y mira la hora, no te preocupes, me desperté en la noche y le dije a Francesca que le diera la formula a la beba, no te inquietes, ella la llevó al jardín a tomar el sol ya.

— Muchas gracias, dijo ella que lucía ya cambiada, — vamos a desayunar entonces.

Él asintió mientras la tomaba de la mano y salían.

— Lo había olvidado, tenemos que desayunar aprisa, nos iremos, no quiero verle la cara a Julieth, una vez que llegue será imposible irnos, es insoportable.

— Después de tomar el desayuno.

— Nos iremos en mi auto a las montañas, — dijo

— ¿No irá tu chofer?

— Obviamente no, solo iremos nosotros.

— ¿Y tu madre? — Preguntó Harriet. — Está arriba con mi abue, no quiso bajar anda de mal humor, es típico de mi madre—.

Todo ese día pasaron en las montañas de Seattle. Se divirtieron como nunca, la pequeña Fiorella le encantó ver la naturaleza y los caminos que no quería volver por su cara.

— Que hermoso James gracias por habernos traído.

— No tienes que agradecer nada. Ando que muero de agotado, mira la beba se durmió — dijo mientras agarraban el Freeway que conducía a casa. Llegaron a la residencia y cayeron rendidos, ambos en la misma cama como dos verdaderos enamorados.

Al rato bajaron todos a merendar, y para su sorpresa; de una de las habitaciones sociales de la casa que estaba al fondo de la sala, salía la señora Sully y Julieth. James no podía creerlo y menos Harriet que estaba toda despeinada y en fachas. James lucía como siempre de esos tipos que, aunque no te peines luces elegante.

— ¡Vaya! Los tortolitos apenas se levantan — Dijo la señora Sully.

—Ya está llorando mi hija, le daré de comer — dijo Harriet para irse y evitar una pelea segura, — ¿y ese bebé? — preguntó Julieth mientras Harriet avanzaba escaleras arriba, — ella no respondió.

James movió la cabeza mientras esbozaba una sonrisa, y la de servicio traía unas bebidas cidral en copas.

— Cariño, ¿por qué huyes de tu amiga Julieth? —dijo la señora Sully.

Harriet desde un ángulo de la parte de arriba de una habitación alcanzó a ver a James sentado junto a Julieth, eso la puso de mal humor. "sé aburrirá de mí y volverán", — se dijo en sus adentros. — "Ella es hermosa siempre, ¿y yo? mírate nomas Harriet — se dijo mientras se miraba en el espejo del baño, — tus cabellos necesitan siempre estar planchados para lucir medianamente bonita, pero ella ni siquiera está tan arreglada hoy y se ve mil veces mejor que yo".

Pasó una media hora, y en el fondo ella se moría de celos, porque él se apreciaba muy risueño con Julieth. Su subconsciente le decía por momentos que aun sentía algo por esa mujer ¿y quién no? con semejante belleza, además se dio cuenta que, aunque estuviera enamorada, eso no le daba ninguna potestad hacia él, no eran nada más que viejos amigos, que escalaban en una relación de amantes. Triste, pero cierto, y al final del acuerdo, sería otra más en la lista de él como iban las cosas. Porque si bien él no mostraba rechazo hacia ella, pero tampoco demostraba amor salvo calentura. Típico de hombres.

De repente una del servicio llamó a la puerta del pasillo — señorita Harriet, el señor James me pidió que, si tiene un momento libre, lleve a la nena con el señor Hermes, está despierto ahora.

Ella asintió que iría, — ¡ah! se me olvidó, lo que faltaba, y esa vieja Julieth aún se tomará un baño y se quedará a cenar. Es que es una odiosa.

— Gracias Carmen —dijo con voz apagada, frunciendo el ceño y pensando que tendría que soportar a esa tipa, y para colmo, ir con el señor Hermes que tampoco le caía muy bien. Harriet se dio cuenta que James, a pesar que era su abuelo sentía desprecio por él o al menos eso apreciaba sutilmente, tal vez por lo duro que había sido con él en eso del matrimonio. Resentimientos a veces familiares.

Harriet agarró en brazos a la beba y toda nerviosa fue a la habitación del señor. — adelante muchacha.

Ella se acercó al sillón a unos centímetros de la cama del viejo, — señor, me dijo la de servicio que me llamó.

— Si. Por lo que veo salieron a pasear, eso me contó mi hija, te va muy bien el bronceado por lo que veo.

Ella asintió — fuimos a las montañas, fue idea de su nieto.

— Eso es bueno y más para la bebé, el aire fresco de las montañas hace maravillas. A propósito ¿te ha contado mi nieto que quería ser…?

— ¿Sobre qué?

— De que quería ser marinero para ir a encontrar a su papá.

— No, nunca me ha dicho nada sobre eso, solo ayer cuando veníamos en el coche de la gala me dijo sobre que su papá se había ido porque su hija quedó embarazada de él.

— La verdad muchacha, es que yo le obligué, le di bastante dinero para que dejara a mí hija en paz, era uno de esos que nunca harán nada con su vida, agarró el dinero y partió.

— Si así fue, no es muy moral lo que usted hizo.

— ¿Qué dijiste?

— Que no está bien lo que hizo señor.

— ¿Y en qué te basas en decir eso?

— Pues en nada, solo que James pudo haber tenido un padre, y usted se lo privó. Por lo que me cuenta no hay más responsable que usted, y eso lo convierte en un malvado.

La miró con ojos altivos e iracundos — te confesó eso… seguramente él malagradecido lo hizo para hacerme quedar como el malo del cuento.

— No, cuando me confesó su mirada lo decía, "necesité un papá", no un dictador como lo fue usted con él.

— Basta, eso no es de tu incumbencia, — refunfuñó el viejo, —y sí, ¿qué pasaría si yo te propusiera el mismo trato que al padre de James? ¿lo tomarías o no? — Preguntó irónicamente.

— Lance su oferta señor — dijo ella bromeando, pero sin que el viejo intuyera.

—500 mil dólares ahora…

— ¿De qué hablan? — interrumpió James a sus espaldas causando un sobresalto al momento a Harriet, que el corazón le empezó a palpitar a mil por horas. Obviamente, aquello no era cierto de aceptar dinero, solo era una toma de pelo al viejo.

— Te dejamos abue, nos vamos a cenar yo y mi esposa.

— Espera, ¿sabes algo James? acabo de proponerle una cantidad a tu esposa por irse de la casa, ¿y sabes cuál fue su respuesta?

Él la volteó a ver sobresaltado, dando lógica a lo último que escuchó cuando llegó a la habitación — ¿es cierto Harriet?

— No, claro que no.

— No mientas jovencita, tus ojos brillaron cuando dije ¿cuánto quieres?

Aunque a James eso no le sorprendió tanto ya que ellos lo habían hecho antes; Tenían un acuerdo por dinero.

— Julieth es mucha pieza nieto, para las sirvientas— susurró mientras la cara de Harriet se caía de rabia, pero se dominó para no insultarlo.

— Amor ¿aceptaste alguna oferta de mi abuelo?

— No, solo quise hacerlo, para ver hasta dónde llegaría su malevolencia, viendo lo que me contó sobre el matrimonio de tus padres, era obvio que también quería hacer con nosotros lo mismo.

— No digas tonterías sirvienta, una pareja es la que decide no lenguas ajenas, mi hija no supo manejar su relación.

— No es cierto, usted la obligó a tener que decidir entre el padre de James o quedarse en la calle, eso lo hizo, destruyó la felicidad de su hija y la de su nieto.

— No sabes lo que dices, mi hija le ganó la locura del amor y eligió a un albañil o navegante como pareja, ¿tú crees que nuestra familia siendo Marshall una de las más ricas del mundo iba aceptar tan poca cosa? Pues la respuesta es más que obvia, Pero aun así no hice nada, — refutó con la respiración agitada.

James estaba desconfiado, solo escuchando la acalorada discusión.

— Además cuando le ofrecí dinero al padre de James, con gusto aceptó, ¿tú crees que un hombre que amaba a tu madre James lo haría? claro que no, un hombre cuando ama a su mujer no anda aceptando por ahí dinero, aunque sea bastante el deseo, esta mujer debería largase James; aceptó la propuesta, obviamente no te ama, es falsa. —afirmó, —Nieto por lo que me contó Julieth en la mañana, a pesar que aceptó que le ofrecí dinero, veo que ella está realmente enamorada de ti, se le ve más madura ahora, dale una oportunidad.

— No pienso discutir más señor, me voy de la casa ahora mismo junto a mi hija, ya estoy harta de estar en escenitas así, no importa, me llevaré a mi hija.

— Estás loca, mi bisnieta no sale de esta casa.

— Usted no sabe el contexto señor Marshall, Fiorella no es...

— Harriet, basta.

James la calló mientras la tomó del brazo y la sacó de la habitación enérgicamente.

— Qué te pasa, no seas tonta, quieres echarme todo a perder diciendo estas tonterías. Estuviste a punto de joder todo — le dijo molesto.

— Te pones de su parte sabiendo que me intentó sobornar para que me fuera ¡vaya! Que agradecimiento recibo.

— Sabes bien que tengo familia lejana, pero ellos solo quieren el dinero de mi abue, no puedo estarle reprochando todo, no ves cómo está muriendo.

— Ya me cansé James, no sé por qué no crees lo que te digo, si tu abuelo no hubiera hecho eso, tal vez ahorita estuvieras realmente siendo feliz con el amor de tu vida y tuvieras realmente unos bebés preciosos, —dijo molesta, mientras se dio la vuelta y salió a la habitación de Fiorella que estaba a unos veinte metros de ahí. James la siguió, pero ella cerró con fuerza y no abrió.

Ella se quedó inmóvil adentro pensando todo lo que le dijo el señor, e incrédula como James no se daba cuenta que el señor había sido tan malo al ofrecer dinero para que ella se marchara, para manipular a su antojo la vida de ellos.

Ella no sabía porque la odiaba tanto, si por ser sirvienta o simplemente quería siempre tener el control de su nieto, sin intromisiones.

Después de un rato con sus emociones bajo control se calmó y recapacitó. Sabía que, si seguían las cosas ásperas con el señor y la señora, no tendría más remedio que largarse o sino terminaría enferma y el dinero que había ahorrado no le alcanzaría para curarse. Y por eso decidió lo último.

Se le vino a la mente preparar todo para irse. Era demasiado que la humillaran por su condición social; haber sido sirvienta y ser pobre. Solo quería que terminara la siesta Fiorella y se marcharía. En eso James entró y susurró — no puedes hacerlo Harriet, no puedes.

— Qué quieres que te diga James, lo haré, no puedes evitarlo, si así lo quieres, toma el dinero de las compras, todo está sobre el tocador en tu habitación. — Dijo con voz quebrada.

— ¡Vamos! platiquemos afuera no quiero incomodar a la niña.

Ella no le dio la mano y salió adelante hasta su alcoba.

— Era toda broma mía, jamás aceptaría dinero, y lo hice para…

— Lo sé.

Antes de terminar palabra James se desvistió y se puso unos Jeans apretados y una camiseta, Harriet sentía rabia y a la vez curiosidad al ojear la silueta de James mientras se acicalaba en el espejo. Además, evocó lo que hicieron ayer por la noche y eso disipó más y más la cólera.

Esa noche en la cena Harriet no dijo palabra alguna, comió en silencio, no estaba contenta ni con James ni con la señora, menos con el abuelo.

Solo se limitó a escuchar todo lo que la mamá de él contaba de los viajes y proyectos de Julieth. Y lo decía deliberadamente para hacer sentir mal y humillar más a Harriet que solo escuchaba intentando borrarlo todo de su mente. A cabo de cenar y puso el pretexto de que iba alimentar a Fiorella. Subió y se quedó contemplándola tiernamente, "mi beba". Mientras susurraba para sí, "no necesito a nadie más, tú y yo nos iremos pronto, lejos de aquí… con lo que he ahorrado estaremos bien, al menos un año… suficiente para que crezcas mi princesa — suspiró.

— Como quisiera que tu padre estuviera vivo — dijo, — creí que esto sería pasajero, pero esas personas no cambiaran, me quieren hacer la vida imposible y yo pensaba que James me quería, fui una tonta, siempre estará del lado de su familia y es lo normal, no soy nadie más que una empleada.

La nena se durmió y ella se quedó inmóvil mirando el atardecer a lo lejos que se reflejaba en el lago Smith, recordaba todo lo que había vivido con Louis, que, aunque no lo amó, sentía un inmenso cariño, y al menos sintió más paz con él que con James que la hacía sentir como nadie, pero repletos de agridulces momentos, por su falso matrimonio. Sabía que ni de pequeña él la tomó enserio como amiga, y tal vez porque provenían de mundos diferentes; ella de clase baja y él de clase alta. Imposible reconciliar diferencias.

De pronto James entró, — Harriet, no tienes que estar enojada, no hice nada, ven acompáñame.

Ella con una evidente molestia respondió — está bien, — solo para no discutir ahí y despertar a su hija.

Al llegar a la habitación James la besó, ella no pudo decir que no aquel segundo día, se había convertido para ella como un hechizo sus besos, le molestaba sentirse enamorada de él por todo, pero a la vez la pasión la embargaba tanto, que únicamente con su olor, hacía qué le temblaran los muslos que cooperaba en todo. Al menos se decía que iba a disfrutar de él lo que durara, su resignación era esa.

Después de hacer el amor se quedaron mirando fijamente entrelazados con sus manos, — no hagas caso Harriet lo que digan los demás, prométeme algo por favor, para no estarnos disgustando, promete que no me abandonarás sin antes terminar lo que prometimos, por favor.

— Promesa — dijo mientras se abalanzaba al pecho de él y le daba un beso en los labios. Bueno eso dice mucho — le dijo.

— Oye, ¿sabes? tu abuelo me dijo que querías ser un navegante como Simbad cuando eras más joven.

Él puso su semblante serio, — ¿Cómo?

— Porque tu padre era así, trabajaba en un crucero por el mundo algo como lobo de mar.

— ¿Te dijo eso?

— Si.

— ¿Cuándo vamos a ir a dar un paseo en tu yate el que me enseñaste el otro día en el muelle pequeño de allá?

— Pronto — dijo, y se abalanzó poniéndose sobre ella en la cama y le hizo cariñitos.

— Gruñona, por todo te enojas.

— Tú eres peor.

— ¿Yo?

— Sí, tú más, mas, — dijo Haciendo pucheros. — enojón, ególatra y soberbio.

— ¿Yo? hay quien lo dice — bromeó.

Luego de juguetear y besarse, estaban los dos de espaldas mirando el horizonte que ya se oscurecía al fondo del lago.

— Trabajas mucho James, nunca descansas.

— Mi abuelo era peor, solía venir hasta las 12 de la noche siempre, esa disciplina lo hizo ser tan acaudalado, pero eso tendrá que ser diferente cuando él no esté ya, todo cambiará — confesó algo melancólico.

— ¿Por qué?

Él no respondió solo se contestó para sí que tendría la libertad de hacer de su vida lo que él quisiera sin la tutela estricta de un autoritario, además elegiría al fin a la esposa de sus sueños con el cual hacer su vida. — En fin, durmamos, ha sido un día bastante agotador — dijo apagando la lámpara, ¡ha! última cosa, mañana Julieth vendrá de nuevo para que estés preparada, buenas noches.

Harriet tenía los ojos abiertos, no sabía qué pensar, por un momento quiso desaparecer, pero la promesa que acababa de hacer de no abandonarlo la detenía. Por lo cual pensó hacerse la convaleciente al menos para no ver a esa odiosa. Cerró los ojos y se quedó dormida-.

Como a las 8 después del desayuno Harriet llevó al enorme jardín a la nena. No había jardineros a esa hora, le gustaba estar sola. James se acercó despidiéndose por un momento que iba a salir un rato. Después de un momento estaban jugando con las flores mamá e hija, el sol cálido pegaba en el rostro de ambas que estaban sentadas en el pasto. De pronto, un ruido de tacones la distrajo, volteó y era la señora Sully que pasaba por el caminito empedrado hasta donde estaban ellas.

Ella tragó saliva y la recibió esbozando una sonrisa genuina, pero seria.

— ¿Arrancando flores? — preguntó con soberbia y en tono irónico.

— Le pregunté a James si podía… solo fueron un par, disculpé…

— Lastima, ella no sabe aún nada.

— Los bebés aprenden señora, veo no le encantan del todo.

— No puedo decir sí o no, pero no soporto los llantos y suelo mejor no acercarme mucho.

— Si no le gusta señora entiendo, pero no pude negar que tiene un hijo y fue un bebé muy hermoso seguramente.

— El dinero compra muchas cosas, pero no tiempo… así que tuve muchas nanas…

Harriet pensó cómo es posible que lo diga, así como así ¿acaso no deseó criar como toda mamá a James?

Acto seguido avanzó hacia unas flores rojas.

— Muy hermosas las flores — dijo Harriet intentando hacer platica.

— Soy alérgica a las rosas — murmuró, — pero vengo a cortar algunas para la sala, es que a Julieth les gustan estas y las pondré en el florero.

— ¡Oh! Ya veo, entiendo señora, muy bonitas esa clase de flores, —comento, pero dentro de sí, "que no venga esa bruja".

La señora por un momento miró hacia Fiorella y confesó, — no tengo memorias de mi hijo James así de pequeño, lo recuerdo ya niño, cuando jugaba en los jardines de la casa en nueva Orleans, jugaba alrededor de un bosquecillo pegado a la mansión donde vivimos. — Luego volteó a cortar una rosa y colocarlas dentro de un florero una a una y dijo, — tal vez consideres que no siento cariño por mi hijo, por mi frialdad, pues déjame decirte que te equivocas muchacha.

— Si así es, sabe disimularlo perfectamente, —masculló.

La señora se detuvo por un segundo, pero no volteó y siguió cortando otra flor, — no soy de las que andan beso y beso, el amor no es necesario demostrarlo así.

— Si, pero a veces es bueno al menos un abrazo de alguien, una muestra de apoyo.

— No sabes nada, siempre he estado ahí dándole mi mano.

— Pues si así lo dice, ¿por qué entonces me buscó? y me propuso falsamente casarse conmigo, solo para hacer lo que quería su abuelo o al menos desafiarlos, odia que lo traten como un niño, además usted debería de apoyarlo más, sabemos bien que no es real esto, no sé por qué se empeña tanto en hacerme mi estancia de cuadritos.

La señora Sully volteó por un segundo, — no sabes nada de nosotros, no sabes cómo pasaron realmente las cosas.

— Lo sé señora, pero solo le aviso que no me iré, aunque me vuelvan a ofrecer cifras de varios ceros, como su padre intentó hacerlo.

—El padre de James; Jacob yo lo amaba, éramos muy jóvenes cuando me aventuré, creía saber todo, pero me equivoqué. Yo siempre había sido millonaria y cuando Jacob me dijo que me fuera con él, no sé, no quería ser pobre toda mi vida, aunque lo amaba. — Susurró pensativa de espaldas, — pero a diferencia de ti, tú has sido pobre, y aunque mi hijo es demasiado y codiciado tú lo hiciste por sus millones, a mí no me engañas, y quieres realmente engatusarlo para retenerlo después del trato, — aseguró.

— Admito que tiene algo de razón señora, pero solo lo acepté, porque estaba esperando a Fiorella, además, bueno, no es mi asunto señora, no quiero discutir, solo le aviso que no será mucho tiempo el que permaneceré aquí, pronto tendrá tranquilidad de mi presencia eso téngalo por seguro — manifestó Harriet un poco quebrada en su tono de voz, pero disimulándola para no parecer débil. — La verdad me encantaría que no hubiera roces señora entre nosotras, de mí no hay odio, pero me ha puesto difícil esto, créame, no estoy tramando nada con su hijo, los dejaré cuando termine todo.

Ella la observó con menos odio y expresó, — desearía poder decir sí.

Luego en una proposición inesperada, Harriet le dijo — señora Sully, ¿le gustaría al menos cargar en brazos a la pequeña?

Ella la vio con cara de ¿Qué? luego movió la cabeza como no queriendo, pero aceptó. Estuvo con la niña arrullándola unos minutos, luego por orgullo volvió de nuevo el carácter de ella y se la dio a Harriet.

— Se me está haciendo tarde — dijo con recelo, y enseguida se fue por donde vino vacilante por aquella escena que acababa de hacer.

Luego de un rato James volvió y jugaron en el pasto gran parte de la tarde como una familia feliz—.

A las 6 Harriet se había quedado dormida en el sillón a lado de la cuna de su bebé, rápidamente se puso de pie, su beba aun dormía, pero no podía creerlo, había llegado Julieth la ex de James y ella en fachas. Se puso lo que pudo y se peinó como pudo y se preparó para bajar a cenar algo que no quería hacer. Había más personas abajo, y seguramente sería el centro de las miradas cuando bajara y eso no le gustaba, y más porque no se arregló como debería. Tampoco le encantaba la idea de estar de nuevo ante esa mujer que seguramente le hacía sentir cosas a su esposo, se rehusaba a pensar que volverían, pero era inevitable, ella no era nada de él.

Apretó los dientes y bajó, al cruzar el salón de invitados al fondo de la sala, miró algunas personas desconocidas, pero no a James. Caminó al único rostro conocido; la madre de su esposo que se le miraba en medio de personas entre risas, ella se acercó y antes de que Harriet le preguntara algo, ella le miró y se sonrió burlonamente por los atavíos que traía y lo descuidada que lucía, — querida supongo ya conoces a Julieth — dijo en tono grotesco.

— Sí, la miré ayer señora Sully.

Ella sonrió hipócritamente tal cual la de Harriet y la saludó.

— ¿Y su hijo señora Sully?

—En el despacho, está teniendo una conversación vía telefónica con alguien importante — contestó Julieth por Sully.

Después de unos minutos incómodos y risas de invitados, James entró, — perdón se demoró mucho la negociación.

Julieth lo devoró con la mirada y a Harriet se le aceleró el pulso solo verle frente a ella, y más porque su competencia estaba ahí.

— Te ves hermosa mi amor — dijo mientras le daba un beso, luego saludo a Julieth que siendo una experta en manipular se levantó, lo abrazó y le dio un roce cerca de los labios que encendió internamente los celos de Harriet.

— Te agradezco mucho James que me invitaras a esta velada.

— No tienes que agradecer, es un honor mío, además, aunque no somos nada ya te considero una buena amiga, — dijo en tono serio. — Y mírate, te ves súper hermosísima.

Harriet se moría por dentro, ¿cómo era posible que James no le dijera que él fue el culpable y responsable de haber invitado a esa, y haberle puesto en aprietos? Su mirada al suelo por segundos, la hacían sentir con ganas de correr por sentirse poca cosa ahí. Además, a ella le lanzó más cumplidos. Obviamente, para James eso indicaba que ella era atractiva, pero no en comparación con la escultural Julieth.

Así que se contuvo y disfrutó la velada. La verdad se sorprendió, que, por única vez, todas convivieron sin comentarios mordaces y fuera del lugar. Aunque, fue evidente las insinuaciones de Julieth en todo momento, que incluso sacó a bailar a James, canciones sensuales y Harriet solo esbozaba sonrisas disimuladas ante aquellas escenas, era algo que no disfrutaba, pero era parte del show.

— Me enteré en Italia que tu abuelo James estaba enfermo, quise venir, pero tu mamá no quiso, me dijo que se había estabilizado, —susurró despacio.

— Gracias por tu preocupación, como dije cariño fue terrible, pero ahí va superándolo, suele dormir casi todo el día por la dureza de la enfermedad.

— James ya te pedí perdón sobre mi error que cometí, solo resta decir que yo lo hice, no por el dinero que tu creías que era mi interés, lo hice porque te amo, enserio, créeme. Y te pido perdón de nuevo.

Harriet se quedó con la boca abierta. — "que descarada" — se dijo dentro de sí — "cómo es posible que lo diga así, sin contemplaciones, es una ramera".   Por un segundo le pasó la idea de tirarla del cabello al suelo, pero se aguantó. Se estaba haciendo experta en contener su rabia.

— Me gustaría hablar con el señor otra vez, si no es incómodo para él — dijo Julieth con astucia.

— Claro que no cariño, como vas a molestar tú, — dijo la señora, — siempre eres bienvenida; no como otras, yo te considero parte de la familia.

James asintió.

Podemos ir a tomarnos un té nosotros para platicar —volvió a hablar Sully.

Harriet de la rabia interrumpió y se le salió — oye James, cuéntale a Julieth que piensas comprar un yate gigante, para llevarnos mar adentro a pasear.

La señora levantó la mirada furibunda y la miró con frialdad, su mirada asesina se vislumbraba por segundos.

— No digas locuras muchacha, los sueños son sueños, no se cumplen para gentuza.

James le echó un vistazo de reojo y le expresó, —¿apoco dije eso? No lo recuerdo.

— No exactamente, pero con eso que nos encantaría ir solos mar adentro, para disfrutar nuestro amor, digo, ¿por qué no?

— Nadie necesita un yate si no lo vas usar nunca, tiene varados varios ya — dijo su mamá, — además, que yo sepa a James no le gustan mucho los barcos ¿o si hijo?

— James titubeó un poco y Harriet respondió por él, — pues tu padre me dijo que a él encantan, supongo porque el padre de él era tripulante o me equivoco.

— ¡Vaya vaya! esas cosas no las sabía de ti hijo.

— y eso que llevo apenas unos meses conociéndolo señora Marshall.

Ella levantó la barbilla y la miró recelosa.

— Cambiemos de tema ya, nadie comprará nada y menos un yate — pronunció la señora—.

Luego de unos momentos se marcharon a la habitación del señor Hermes, Julieth y la señora, caminaron hacia arriba, James tomó de la mano a su esposa y la reprendió.

— No había necesidad de decir eso del yate, ¿a qué se debió?

— Discúlpame, pero con eso de que estaba ahí calentando asiento ya me había aburrido.

— No tienes por qué andar por ahí diciendo cosas… simplemente si estabas aburrida te hubieras retirado a tu habitación.

— Con eso de que me ignoraste toda la charla.

— Pero, qué te hizo pensar que quería que te inmiscuyeras con ella, solo quería que Julieth te viera, — acto seguido le quiso besar, ella lo rechazó. Él la miró con dureza y avanzó hacia las escaleras.

—¡Ah! —Dijo desde la mitad de los escalones, —espero que no vuelva ocurrir otra escenita así, donde inventes cosas que no son. — ¿acaso éstas celosa de Julieth Harriet? — agregó mientras se volvió a ella.

— No digas tonterías, ¿celos yo? si no eres nada mío, una cosa es que sea tu... — Expresó sin terminar la frase.

— Mejor subamos, mi abuelo se incomodará.

--Segundos después en la habitación del señor Hermes--

— ¡Vaya vaya! ¿No te parece lindo hija que esté la esposa y la ex en la misma habitación? — dijo mientras carcajeaba,

— ¿Por qué dices eso abue? eso fue hace tiempo, ni al caso.

— Qué bueno que estás aquí Julieth, es un encanto tenerte — dijo — y tu Harriet acaba de irse la nena Fiorella, me la trajo la enfermera se le pedí amablemente.

Ella se sorprendió, porque no sabía que su hija había estado con el señor Hermes.

— Nunca en la vida pensé que tuvieras bisnieta — comentó Julieth.

Harriet la miró por un momento temerosa que su suegra soltará la sopa ahí delante de ella y el señor Hermes y echará a perder todo. Pero la señora se comportó a la altura.

— Pronto me dirá abue dijo –James se rio—abue tú te enojabas que dijera así recuerdas.

— Si James, pero no puedes compararme ahora con 80 y algo, a esa época que yo era un todavía jovial y odiaba sentir que envejecía, ahora al menos lo admito, solo quiero vivir lo necesario para escuchar a mi bisnieta que me diga tata o abue.

Harriet y James chocaron miradas, ella se sintió conmovida por las palabras del señor, ella pensó "wow si eso lo hace feliz que importa mentir" James le asintió y se acercó a ella y le susurró sin que nadie le escuchara — te dije—.

Ya algo noche se fueron todos, y James y Harriet se quedaron en la parte de abajo degustando un pastelillo, luego se dirigieron a su habitación.

—Harriet, muchas gracias, hoy hicimos feliz al abue, ¿escuchaste lo que dijo y su mirada de felicidad cuando menciona a Fiorella? nos ve unidos.

— Sí, le hace ilusión pensar que Fiorella es su bisnieta y la quiere mucho.

— Si, por eso creo que vale la pena esperar hasta el final.

—Aparte me sorprendió que no hubo pelea con tu abuelo hoy, bueno, si dejamos atrás los comentarios de ellas.

— Tranquila, veo que mi madre le ha bajado la intensidad de los comentarios hacia a ti.

— Eso si lo he notado, tampoco no puedo esperar amor por ella.

Él sonrió.

— Cualquiera lo nota, pero tienes buenos gustos Julieth, debo admitirlo.

— ¿Por qué lo dices poniéndote las manos en la cabeza? ¿Celosilla?

— Claro que no James, te repito, Julieth, es demasiado hermosa, cualquiera quisiera tener una novia así, incluso ¿viste a tu abuelo? como congenia perfectamente con ella, toda familia desea una mujer así para sus hijos. Y si sientes amor por ella, por mí no hay problema.

— No te acongojes con cosas así, mis halagos hacia ella que escuchaste son ciertos, me parece hermosa, pero ya no siento nada por ella, — dijo, mientras le besaba tiernamente de lado. Y empezaba a encenderse.

Los siguientes días Harriet permitió que Fiorella pasará horas cada día con su "bisabuelo" que hasta le compró algunos muñecos de pilas para que jugara cuando estaba con él. Además, le contaba historias que, aunque no entendía, la divertían mucho por las muecas del señor y caras que hacía.

Esos días la señora Sully hizo algo que sorprendió a Harriet; como cargar a su hija solicitándoselo a ella y no decir comentarios irritables, al igual que ella puso de su parte al no sacar ningún contenido sobre el papá de James o de Julieth, ya que el interés estaba teniendo con su hija era inusual y eso era perfecto para llevar la fiesta en paz hasta cuando el señor partiera—.

— Harriet me acompañarás a comprar lo que dijiste en la charla del otro día.

— ¿Qué?

— El yate, uno grande, pero que pueda manipular yo, y no requiera de nadie más. A una hora de aquí hay alguien que vende uno y que mi asistente encontró, y es justo como lo quiero-.

Pasaron cuatro semanas y James y Harriet siguieron igual en el papel, él le hacía el amor cada noche y ella más se enamoraba, pero nunca le dijo en ese tiempo que era el amor de su vida. Fiorella continúo siendo llevada con el señor Marshall hasta el sábado 12 de mayo de 2007, cuando el señor Hermes Marshall murió en la madrugada. Un día antes Fiorella había estado con él y le había hecho reír mucho, y en todo ese tiempo Harriet no volvió a pelear con Sully.

James fue el primero en enterarse y fue a la habitación de su madre en la planta de abajo, ella resignada lo aceptó y estuvo llorando todo el día. Harriet se dio cuenta de ello y le partió el corazón, sabía cómo se sentía perder a alguien, ella ya lo había experimentado con su madre.

Ese día acudieron personalidades de todo tipo de Seattle y llamadas de Europa y resto del mundo se hicieron presentes. Harriet se sorprendió de la cantidad de personas que conocían al señor Marshall, por lo poderoso en los negocios que había sido. Ella no bajó en todo el día, salvo cuando James fue a decirle la noticia, pero no quiso entrometerse y dejó que fluyera todo y él recibiera a las personas y al resto de su familia. Ella no lo acompañó porque él no le solicitó, y por respeto no insistió.

Después de unas horas ya por la tarde, Harriet bajó porque le preocupaba la madre de James que estaba en su cuarto y no había comido en todo el día. Ella tocó el timbre, pero no recibió contestación, así que por su cuenta abrió; y la señora estaba inmóvil mirando al lago Smith con los ojos seguramente inundados de lágrimas.

— Señora Marshall balbuceó— ¿desea algo de comer?

— No.

— Pero le hará mal si no… ya son las 5 y no ha comido nada.

—No insistas.

Sully se acercó al borde de la cama de espaldas, — no puedo creer que mi padre haya muerto, aunque lo preveía, tantos recuerdos y de un día a otro ya no está él, — dijo, — no tengo ánimos de comer, te agradezco, pero no. Los últimos momentos de mi padre lo vi alegre con tu hija, le hacía reír mucho más de lo que lo vi reír en los últimos dos años.

Harriet se sintió orgullosa de Fiorella, — sí, mi hija es muy risueña también yo lo miré las últimas dos semanas riendo mucho.

— Sí, pero mañana será otra historia, — dijo inundándose de nuevo los lagrimales.

Harriet aguardó silencio.

En ese momento para sorpresa de Harriet; Julieth giró el picaporte de la puerta y entró con una emoción tan falsa como ella era.

— Mi querida señora bella, cuanto lo siento, — al momento que pasaba rozando a Harriet que lucía inmóvil en medio de la recamara. Sully a ella si le hizo caso y se incorporó de la cama y la abrazó. — Gracias por venir querida, eres de gran apoyo ahora, — y se echaron a llorar de nuevo.

— Yo me voy — dijo ignorada Harriet mientras nadie la detuvo. Se dio cuenta de la indiferencia que seguía provocando.

Al salir divisó a lo lejos personas que entraban y salían, todos en su mayoría gente acaudalada.

Ella en ese momento se sintió nada, nadie la inquirió en todo el día, ni James mucho menos las de servicio, pero le cayó el veinte su situación. "inicia de nuevo mi realidad" — pensó. Era el último día del acuerdo ya que el señor Marshall había muerto.

Entró a la habitación de James y lo esperó, pero él no se presentó esa noche ni la mañana siguiente. Le había quedado claro el mensaje, su acuerdo había llegado a su fin.

La mañana siguiente preparó todas sus maletas y le pidió a Michael que la llevará al aeropuerto de Seattle porque iba a viajar a donde había nacido.

Cuando Michael le respondió — ¿Por qué? — ella le dio la orden de no preguntar, él asintió. — a las 5 de la tarde había algunos invitados al fondo de la sala que Harriet no conocía por lo cual ella saldría y no tendría que despedirse de nadie. Venía bajando con su niña en brazos y el chofer con la maleta.

— ¿Qué pasa? ¿Para dónde vas?

— Me voy Katherine, gracias por tratarme bien, te recordaré siempre.

— ¿Qué? pero, ¿cómo, muchachita?

Con voz cortada dijo — es hora, nuestro trato terminó.

— No puede ser, lo siento mucho por todo de verdad. Ojalá te recuperes de esto. — Comentó la ama de llaves algo indignada mientras le daba un abrazo amoroso.

Al fondo la mamá de James la miró con alegría, se incorporó y caminó hacia ella — Harriet ¿cómo te vas así tan rápido?

— Ella alzó la mirada — sí señora, mi trabajo terminó aquí, como le prometí…

— Bueno, no sé qué decirte, la verdad tu niña fue la responsable de haber hecho feliz a mi padre los últimos días, y eso te lo agradezco de verdad. Mi hijo James pronto se casará, es bueno que lo sepas.

— No se preocupe señora, es tan evidente que ellos se gustan, puede hacerlo, además, usted sabe muy bien que esto fue un acuerdo, él tiene real derecho, yo por eso puse mis límites de no enojarme — dijo — pero en el fondo su corazón moría de dolor y su alma estaba desecha.

Asimismo, Harriet sabía que James desde la muerte de su abuelo se alejó esos dos días y ni siquiera le había dirigido palabra. Se despidió de la madre de James y salió mientras las lágrimas invadían sus mejillas. Y haciendo como podía se las secaba con disimulo mientras esperaba dentro del coche. Michael subía el resto de cosas.

— "Al menos volvemos a nuestra realidad — le dijo a Fiorella mientras la abrazaba junto a su pecho. El chofer arrancó y Harriet deseó por un momento mientras el carro se alejaba ver a James corriendo intentado detenerla, pero sabía que solo era un sueño. Harriet derramó lágrimas todo el camino hasta el aeropuerto, deseó que todo fuera una maldita ilusión, pero no, era tan real como el aire. Saber de los labios de la señora Marshall que James se casaría con Julieth le rompió el corazón como nunca, pero no era más lo que merecía por haberse enamorado de él.

Diez horas después estaba partiendo en camión a su pueblo natal a la casa de su madre. Atrás habían quedado los lujos y los sueños, al menos con esos ahorros de los últimos meses, en ese pueblo podría vivir sin trabajar un año y medio antes de volver a ser lo que era; camarera, o trabajar en cualquier cosa, todo para sacar adelante a su princesa.

Dos días después estaba en el pueblo que la vio crecer, con su corazón todo roto. Al menos al fin respiraba tranquilidad a las afueras de Houma. Era primavera, era hermoso el paisaje, pero su alma se sentía vacía, sin James.

Una semana después ya resignada a su realidad Harriet no quiso gastar los ahorros y empezó a buscar trabajo. En el pueblo, encontró uno muy mal pagado, pero al menos saldría temprano para estar con su hija. El puesto era de lavaplatos y hacer de mesera en un pequeño establecimiento de mariscos cerca de la carretera.

Su vecina Hellen que la conocía desde niña era la que cuidaría a su hija.

— "mi peque Fiorella, esta será nuestra vida ahora, mami no te verá mucho, pero, te amo — le dijo — te quedarás con la señora Hellen ella es muy buena, ella me cuidaba de pequeña y siempre fue linda conmigo, así que mamá trabajará duro para darte lo mejor, no necesitamos a gente frívola, solo te necesito a ti mi bebita.

Una tarde mientras Harriet trabajaba enérgicamente lavando los platos, el encargado del lugar le dijo — muchacha, alguien te busca afuera. ¡Ve! solo no te tardes mucho platicando, que tienes mucho que hacer.

— ¿A mí?

— Sí, ¿a quién más? es un tipo de esos que visten elegante, atiéndelo.

Al salir, ella se quedó perpleja por lo que vio a escasos seis metros de una mesa donde estaba ese caballero con lentes.

Se le hicieron pesados y eternos llegar hasta allí— tragó saliva y tartamudeó.

— ¿Tú? ¿Qué quieres James? ¿Qué te puedo servir?

— ¿Por qué te fuiste?

— Mira, lo nuestro terminó, entendí claro todo, no necesito estorbar ya, esta es mi nueva vida, nada ha cambiado, aquí pertenezco, y siempre perteneceré.

— ¿Lavando platos?

— ¿Y? ¿Tiene algo de malo que una madre lave platos o limpie baños para darle a su hija lo mejor? no importa James, y tu cásate no vengas a invitarme — dijo, mientras sus lágrimas se le salían y se las limpiaba evidentemente.

Él se quitó los lentes, y la observó.

— Mira, tengo mucho trabajo, apenas estoy empezando y no quiero perderlo, me costó mucho encontrarlo, si vienes por una firma del divorcio adelante, pero no tengo tiempo para más. — Dijo al instante que volteaba a la cocina.

—No.

— Mira, perdona por ser grosera, pero vuelvo al trabajo.

Él se levantó y la detuvo.

— Vamos, no hagas esto difícil James, dame los papeles, y dime donde firmar o que lo hagan tus abogados, cásate ya con Julieth.

— ¿Quién te dijo eso?

— Tu mamá.

— ¡Qué demonios! pero yo jamás dije eso.

— No.

— Claro que no, jamás lo haría ¿y por celos te fuiste? me lo hubieras dicho, yo estuve ocupado que ni tiempo tuve de volver a dormir contigo, perdóname por no avisarte.

Ella bajó la mirada aliviada — no, no fue por celos, solo volví a mi verdadera realidad, nuestro trato estaba ya hecho.

A él se le partió el corazón al verla toda llena de grasa, pero a la vez le demostró de lo que era capaz su esposa; no se rendía por nada ni tampoco rogaba su dinero, algo que la enamoró y se sintió orgulloso por ella.

Unos momentos de silencio James le confesó mirándola a los ojos.

— Quiero que te vengas a vivir conmigo, nadie está en casa, mi madre se fue, además quiero que nos vayamos a vivir a París, allá mi abuelo tiene una casa sobre una colina con vista al mar, será preciso llevar a Fiorella y verla crecer ahí. Acabo de verla a la señora Helen, me dijo de este lugar por eso di contigo.

Ella se emocionó al escuchar todo eso, nunca en sus sueños más hermosos pensó que él viniera desde tan lejos a buscarla y eso le partió el alma, y le confirmaba el amor tan grande que sentía por ella.

— Pero ¿y Julieth?

— Ella no volverá a molestar.

— Pero nuestro matrimonio era falso.

— ¿Falso? tiene los elementos para decir que es real, estamos casados y tú me amas.

— Sin ti y Fiorella en casa todo es vacío Harriet, me es aburrido ir al trabajo sin que alguien me espere en las noches sin darme un beso, sin arrullar a la beba, quiero que vuelvas conmigo — confesó con ojos de ternura, — quiero estar casado contigo hasta cuando estemos viejitos, y ver crecer a Fiorella y a los demás que tengamos.

A Harriet se le hizo un nudo en la garganta y se le salieron las lágrimas, se derritió por dentro. Jamás imaginó que James sintiera algo por ella, y eso le hizo sentir morir.

— ¿Qué? — Susurró dejando caer el trapo donde secaba los trastos, — se abalanzó hacia James y lo abrazó con todas sus fuerzas mientras él la cargada de la cintura unos centímetros del suelo y la música de fondo de **In the arms of the angel de Sarah** Mclachlan amenizaba tal momento.

— Te amo Harriet, la verdad no te lo había dicho, pero es cierto que me haces temblar, me enamoré tanto de ti que no hay manera de ocultarlo ya, — le dijo mientras le secaba los ojos con sus dedos.

— Me lo hubieras dicho antes bobo — dijo llorando mientras su rostro yacía en el hombro de él que secaba sus lágrimas.

— Te amo Harriet, te amo, — yo también a ti desde la primera vez que te vi te amo.

 Luego se besaron por unos segundos.

— Él le tomó de la mano y le preguntó.

— ¿Te vienes conmigo a París tú y Fiorella?

Ella subió la mirada y le dijo sin pensarlo, "claro, claro, contigo hasta el fin del mundo". Lo abrazó y lo besó, — vamos mi amor salgamos de aquí, mientras dejaban a un iracundo gerente enojado, ordenándole que regresara-.

Rumbo a la casa por la carretera Harriet gritaba de emoción, no podía creer que James la amara de verdad y que su matrimonio sería para siempre. Aunque nunca conocería su hija a su verdadero papá, sabía que James la amaba de verdad a ella, y le daría lo mejor que nadie le podría darle; amor.

— Te seré sincera, antes que me propusieras hacer el amor, yo siempre te deseé, porque siempre fuiste el amor de mi vida, —la miró mientras conducía, le tomó una mano y le sonrió — Wow, fui completamente tonto en nunca darme cuenta, siempre tuve el amor frente a mí y fui un ciego.

—Desde niña cuando nos conocimos en 1994 me enamoré de ti, pero, jamás pensé que volviéramos a encontrarnos y esto ha sido como algo irreal, como si el destino nos hubiera unido de nuevo. Tú nunca te fijaste en mí, pero siempre estuviste en mi corazón…

— Lo siento mi bebita, era un tonto, pero ahora me tienes para siempre, seremos una hermosa familia, de eso me encargo yo.

Se entrelazaron una mano y manejó hasta donde estaba Fiorella. Cuando se iban del pueblo se despidieron de Hellen y antes de tomar el avión a París, él le dijo, — no te preocupes de mi madre, ella tiene sus lugares, sé que le tomó cariño a Fiorella, ya sabe todo, y es cuestión de tiempo que te acepte, incluso, vendrán más hijos… ella le sonrió al instante que el avión despegaba a París a la nueva residencia que vivirían por unos años—.

La pareja de James Marshall y Harriet Brown murieron el 25 de agosto de 2019, fue una pareja feliz a todo momento hasta que la muerte se los llevó juntos en un accidente aéreo. Dejaron a 4 hijas entre ellas Fiorella, y heredera de la fortuna de los Marshall. La señora Sully Marshall murió el verano de 2016, se despidió de su nieta favorita; Fiorella la misma que cuenta esta historia.

Contacto con el autor: m83410274@gmail.com

Lightning Source UK Ltd.
Milton Keynes UK
UKHW022041140223
416982UK00010B/483